तमाशा

With a lantern that would'nt burn
in too frail a buggy we drove
Behind too heavy a horse
Through a pitch-dark limitless grove.

And a man came out of the trees
And took our horse by the head
And reaching back to his ribs
Deliberately stabbed him dead.

–Robert Frost

लोग अपना रास्ता ही कहाँ जानते हैं?
सड़कों के नाम और घर का दरवाज़ा याद रखना तो रास्ता नहीं होता।

–सौमित्र मोहन

तमाशा

स्वदेश दीपक

वाणी प्रकाशन

प्रकाशन के उत्कृष्टतम 61 वर्ष

vaniprakashan.com

सजिल्द पहला संस्करण : 2024

वाणी प्रकाशन

4695, 21-ए, दरियागंज, नयी दिल्ली-110 002

फ़ोन : +91 11 23273167, 23275710

शाखाएँ

अशोक राजपथ, पटना-800 004, बिहार

कॉफ़ी हाउस कैम्पस, महात्मा गांधी मार्ग, प्रयागराज-211 001, उत्तर प्रदेश

महात्मा गांधी अन्तरराष्ट्रीय हिन्दी विश्वविद्यालय, वर्धा-442 001, महाराष्ट्र

36/ए, शेक्सपियर सरणी, रानी बिरला गर्ल्स कॉलेज के पास, कोलकाता-700 017, प. बंगाल

sales@vaniprakashan.in
vaniprakashan@gmail.com

Tamasha
by Swadesh Deepak

ISBN : 978-93-5775-633-4
Collection of Stories

मूल्य : ₹ 325

आर. टेक ऑफ़सेट प्रिंटर्स, दिल्ली-110 032 में मुद्रित

वाणी प्रकाशन का लोगो मक़बूल फ़िदा हुसेन की कूची से

सौमित्र मोहन
और
डॉ. विनय के लिए

अनुक्रम

तमाशा	9
क्या कोई यहाँ है?	22
जयहिन्द	35
एक बार फिर	43
प्रतिद्वन्द्वी	57
क्योंकि मैं उसे जानता नहीं	64
मुझे टॉफ़ियाँ अच्छी नहीं लगतीं	76
पापी पेट	84
दहलीज़	93
शब्द! शब्द! शब्द!	103
महामारी	115

तमाशा

वह अधेड़ उम्र का आदमी बड़ी देर से किसी सायेदार पेड़ की तलाश कर रहा है। उसका आठ साल का लड़का बड़े थके–थके क़दमों से बाप के पीछे चल रहा है। उसके गले में एक छोटा–सा ढोल पड़ा हुआ है, जिसे वह थोड़ी–थोड़ी देर के बाद हाथों से पीट देता है। जब भी कोई पेड़ नज़दीक आता है, वह बड़ी तरसती निगाहों से उसे देखता है–शायद बापू इसके नीचे ठहर जाये। लेकिन नहीं, पेड़ बड़ा है तो सायेदार नहीं। अगर सायेदार है तो छोटा है। मजमा लगाने के लायक नहीं। बाप ने सिर पर बड़ी–सी पगड़ी बाँध रखी है। इसके लटक् रहे सिरे से वह बार–बार मुँह और गर्दन को पोंछ लेता है। इसके पीछे–पीछे लड़कों का एक झुण्ड चला आ रहा है। बाप बार–बार पीछे मुड़कर पीछा करते लड़कों को देखता है और ख़ुश होता है। खेल–तमाशा देखने वाले यह छोटे–छोटे दर्शक ही भीड़ को बढ़ाने में मदद देते हैं।

अभी सुबह के दस ही बजे हैं लेकिन सूरज, गर्मियों का सूरज सेना की हरावल पंक्ति के आगे चलते हुए किसी क्रुद्ध सेनापति की तरह लम्बी–लम्बी छलाँगें लगाकर ऊपर चढ़ आया है। सूरज चारों तरफ़ बड़ी देर से तीखी और गर्म किरणों की बर्छियाँ और किरचें बरसा रहा है। छोटे लड़के के गले में पड़ी ढोल की रस्सी पसीने से भीग गयी है और उसके गले में, गर्दन में ख़ारिश कर रही है। उसके गाल पिचके हुए हैं और बारीक मशीन से कटे सिर के छोटे–छोटे बाल काँटों की तरह सीधे खड़े हैं। सूरज की निर्दय गर्मी ने उसे पीट डाला है, छील डाला है। पिछले कई मिनटों से उसने ढोल पर थाप नहीं दी है। बाप किसी जंगली सूअर की तरह गर्दन को थोड़ा–सा टेढ़ा करता है और तीखी आवाज़ में कहता है–

"ढोल तेरा बाप बजायेगा क्या?"

बड़ी मशीनी हरकत से लड़का दोनों हाथों से ढोल को पीटना शुरू कर देता है। सेनापति सूरज इस छोटे–से नगाड़े की आवाज़ को सुनकर थोड़ा और ऊपर उठ जाता है। आक्रमण की मुद्रा में लड़के के बिल्कुल चेहरे के सामने तेज़, चमकदार और गरम–गरम तलवार लपलपाने लग पड़ता है।

सामने नीम का एक बड़ा–सा पेड़ है। इसके आसपास कुछ रेहड़ियों वाले हैं, कुछ खोखे हैं और चन्द पक्की दुकानें। बाप के क़दम इस ओर बढ़ते देखकर लड़के की पतली लकड़ियों जैसी टाँगें आख़िरी हल्ला मारती हैं और वह छोटी–सी दौड़ लगाकर बाप के आगे निकल जाता है। पेड़ के नीचे पहुँचते ही वह गले में पड़ा ढोल उतार देता है और पेड़ के तने के साथ पीठ लगाकर तेज़ी के साथ फेफड़ों में हवा भरने लग पड़ता है। पीछे आ रहे बच्चों और लड़कों का झुण्ड अब उसके आसपास घेरा डालकर खड़ा है, लेकिन वह किसी की ओर भी आँख उठाकर नहीं देखता। यह तो उनकी ज़िन्दगी में रोज़ ही होता है। आने वाले तमाशे के सारे–के–सारे दृश्य और इनके कटे हुए टुकड़े लड़के के दिलो–दिमाग़ में पहले से ही मौजूद हैं। इसलिए दूसरे लड़कों की तरह न ही उसे इस तमाशे के प्रति कोई उत्सुकता है और न ही इसमें कोई रस मिलता है। अब वह अपने होंठों पर बार–बार ज़बान फेर रहा है। इधर–उधर किसी डरे हुए चूहे की तरह गर्दन मोड़कर देखता है, कहीं कोई नल अथवा पम्प दिखायी नहीं देता। बाप की तरफ़ देखता है। वह बड़ी–सी गठरी को खोल रहा है, तमाशे का साज़ो–सामान जो बाहर निकालना है। बाप से पानी के लिए कहे कि न कहे। फिर वह बाप से कुछ न कहने का फ़ैसला कर लेता है। चूल्हे में जलती लकड़ी, बाप का इसे खींचकर बाहर निकालना और हवा में अपने बचाव में उठे माँ के दोनों हाथ–ये सारी–की–सारी ताज़ा घटनाएँ उसे आतंकित कर देती हैं।

बाप ने पेड़ के नीचे सफ़ेद चादर बिछा दी है। लड़के की तरफ़ उसकी पीठ है लेकिन उसे साफ़ महसूस होता है कि दो छोटी–छोटी आँखें उसकी पीठ में सुराख़ किये डाल रही हैं। किसी जानवर की तरह आसपास के वातावरण को ग्रहण करने, किसी के शरीर की उपस्थिति को महसूस करने की शक्ति उसकी गर्दन को लड़के की ओर मोड़ देती है।

"कैसे मुर्दों की तरह बैठा है। बाप मर गया है क्या? हैं! उठ! सामान चादर पर रख।"

उसकी तेज़ आवाज़ को सुनकर आसपास खड़े लड़के थमक जाते हैं, पीछे हट जाते हैं।

"पानी पीणा है।"

"तो उठ। जाकर पी ले। किसी रेहड़ीवाले से माँग ले। तेरा बाप कुआँ खुदवा दे क्या? हराम दा बीज! माँ की तरह नखरे क्या दिखाता है।"

लड़का किसी मरियल कुत्ते की तरह कमर का सारा ज़ोर टाँगों पर डालता है। किसी धीरे चल रही फ़िल्म की तरह उसका जिस्म टुकड़ों–टुकड़ों में हिलता है और वह पास की कुल्चों–छोलों की रेहड़ी की ओर बढ़ जाता है। बाप अब थैले से चीते का सूखा, मरा हुआ सिर निकालता है। उसे याद आता है कि कई साल पहले पाँच रुपये में चीते का यह सिर एक बूढ़े मदारी से उसने ख़रीदा था। बार–बार हाथ लगने से इस मुर्दा सिर के बाल झड़ गये हैं। सूखे हुए जबड़ों में तेज़ नुकीले दाँत बाहर निकल आये हैं। आँखों की जगह नीले बिल्लौर हैं जो एक मरी हुई निर्दयता से उसकी ओर घूर रहे हैं। चीते का मरा हुआ मुँह खुला हुआ है। उसकी निगाह इस अँधेरी गुफ़ा में पड़ती है और बीवी का बीमार लेकिन ग़ुस्से से भरा हुआ चेहरा ज़ोर–से गुर्राता है, दहाड़ता है और उसकी ओर झपट पड़ने के लिए छलाँग लगाने की मुद्रा में अपने शरीर को सिकोड़ने लग पड़ता है। वह डर गया है। झटके के साथ मरे हुए सिर को सफ़ेद चादर पर नीचे रख देता है। चूल्हे से खींची हुई जल रही लम्बी लकड़ी और बचाव के लिए हवा में उठे घरवाले के दोनों हाथ चीते के मुँह से निकलकर उस पर आक्रमण कर देते हैं।

इस शहर में आये उन्हें तीन दिन हो गये हैं। शहर से बाहर बड़ी सड़क के किनारे उसने अपना फटा हुआ तम्बू गाड़ा था। छोटा लड़का आसपास घूमकर कुछ सूखी टहनियाँ चुन लाया था। घरवाली चार ईंटों का चूल्हा तम्बू के बाहर बना देती है। वह बैठा चिलम पीकर थकावट उतारता है। घर की सारी जायदाद, लोहे का बड़ा–सा ट्रंक, तमाशा दिखाने का सामान और जानवरों के कटे हुए सिर, यह सब कुछ उसे उठाकर पैदल चलना होता है। इसलिए टैंट गाड़ने के बाद वह दूसरा और कोई काम नहीं करता। घर के तीनों सदस्यों का काम बँटा हुआ है।

उसका तथा लड़के और घरवाली का सारा जीवन शहर– दर–शहर घूमते और फेरी लगाते हुए बीतता जा रहा है। शहरों में तीन–चार बार तमाशे दिखाने के बाद उसे अगली यात्रा के लिए निकल पड़ना होता है क्योंकि दर्शक बहुत जल्द ख़त्म हो जाते हैं। पिछले कई सालों से घण्टों गला फाड़ने के बाद, छोटे–छोटे करतब दिखाने के बाद भी तीन आदमियों का पेट भरना दुश्वार हो रहा है। लोग शायद तमाशा देखने के लिए ही जेबों में एक–एक नया पैसा डालकर लाते हैं। और फिर भीड़ को भी कड़े वक़्त ने चालाक और ज़मानासाज़ बना दिया है। साँप–नेवले की लड़ाई के अन्तिम दृश्य के साथ तमाशा ख़त्म होना होता है। लोग इस मौक़े के आते ही धीरे–धीरे खिसकना शुरू कर देते हैं। बचे हुए चन्द लोग बड़ी बेदिली से चन्द सिक्के फेंककर राह लग जाते हैं और अगले दिन की भूख का दानव इसकी गर्दन को जाँघों के बीच जकड़कर बैठ जाता है। शहर–शहर, भूख–भूख और ख़ाली पेट की यात्राएँ। भूख का यह दानव किसी भी शहर में दम नहीं लेने देता। किसी घुड़सवार की तरह लोहे के नोकदार जूते से लगातार एड़ मारता रहता है।

पहली शाम घरवाली ने लोहे का ट्रंक खोला। छोटी–सी पोटली बाहर निकाली। उसे खोला तो केवल पाव भर आटा निकला। दो–दो रोटी उनके हिस्से में आयीं और एक लड़के के। उसने चार गिराहियों में रोटी ख़त्म कर दी। माँ को घूरकर देखा और बोला–

"रोटी और दे।"

"बस ख़त्म। अपने हिस्से की तूने खा ली।"

"नहीं। अभी भुक्खा हूँ। और खाऊँगा।"

"बड़–बड़ मत कर। सुणदा नहीं, रोटी ख़त्म है।"

लड़का एक झटके–से उठ ठहरा है। वह कोई चीज़ उठाकर माँ को मारना चाहता है, लेकिन बाप की घूरती हुई आँखें देखकर उसने इरादा बदल दिया। वह तम्बू के बाहर आ गया। अन्न की बास पाकर एक मरियल–सा कुत्ता तम्बू के बाहर प्रतीक्षारत आँखों के साथ आ बैठा है। लड़का दबे पाँव कुत्ते के पास से गुज़रा। थोड़ा दूर जाकर उसने ईंट का एक चौकोर टुकड़ा तलाश कर लिया। उसने हाथ हवा में लहराकर दो बार निशाना साधा। फिर पूरी ताक़त से ईंट का टुकड़ा कुत्ते की गर्दन पर दे मारा। एक लम्बी टें के साथ कुत्ते ने उछाल भरी और वहाँ से भाग

खड़ा हुआ। दूर जाकर, तम्बू की ओर मुँह करके वह लगातार वातावरण को घायल करता रहा। लड़के का ग़ुस्सा और भूख, दोनों ख़त्म हो गये हैं। उसकी कल्पना में इस वक़्त कुत्ता नहीं–माँ है, जिसकी गर्दन पर रोटी न देने के जुर्म में उसने ईंट का टुकड़ा दे मारा है।

सुबह होने पर बीवी ने ट्रंक के कोने से एक मैला–कुचैला रुपये का नोट निकालकर उसे दिया। आटा लाने के लिए कहा। वह शहर की ओर चल पड़ा। कैसे दिन आ गये हैं? वह छोटा था तो अपने मदारी बाप के साथ जमूरा बनकर तमाशे के लिए जाया करता था। लोग तमाशा देखते थे और बड़ी फ़राख़दिली के साथ सिक्के फेंकते थे। उसे आज भी याद है, सफ़ेद चादर बिखरे हुए सिक्कों से अट जाया करती थी। वापसी पर बाप उसे गुड़ की बनी हुई रेवड़ियाँ ख़रीदकर दिया करता था और अपने लिए शराब का अद्धा लिया करता था। माँ चूल्हे पर फुल्का उतारा करती थी, वह कड़–कड़ करती हुई रेवड़ियाँ खाया करता था और बाप शराब पीकर मस्ती के आलम में एक हाथ कान पर रखकर हीर गाया करता था। और अब? आगे के लिए पैसे पूरे नहीं पड़ते, लड़का और रोटी माँगता है, घरवाली ताने देती है, गालियाँ देती है, वह उसे पीटता है।

बाज़ार में पहुँचकर उसने देखा कि सारी की सारी दुकानें ख़ाली पड़ी हैं। कहीं पर कोई ग्राहक दिखायी नहीं देता। ख़रीदने के लिए लोगों के पास कुछ भी बच नहीं रहा है। अपने मैले कपड़ों और तेल चू रहे बालों और फटीचर हाल के कारण उसे दुकान के अन्दर घुसने में हमेशा डर लगा है। वह अब तक बाज़ार के तीन चक्कर काट चुका है। किसी से आटे की दुकान का पता पूछते हुए डर रहा है। आख़िर साहस करके एक रिक्शावाले के पास ठहरता है।

"आटा कहाँ मिलेगा?"

"क्या कहा? आटा! जा भाई, अपना रास्ता पकड़। क्यों सवेरे–सवेरे मखौल करता है!"

उसे बड़ी हैरानी हो रही है। आटा ख़रीदने के लिए पूछने पर यह आदमी मखौल क्यों समझ रहा है! लोगों को क्या होता जा रहा है! रिक्शावाला बुझी हुई बीड़ी को फिर से जलाता है। उसके चेहरे पर छायी

परेशानी और बदहवासी को देखता है और दाँतों से बीड़ी का एक सिरा काटकर कहता है–

"इस शहर में आटा नहीं मिलता।"

अब वह मुँह खोलकर बेवकूफ़ों की तरह रिक्शावाले की ओर देख रहा है, सोच रहा है–क्या ज़माना आ गया है, ग़रीब भी ग़रीब का मज़ाक़ उड़ाने लग रहा है। वह हार मान गया है। सिर झुकाये खड़ा है। रिक्शावाला झटके–से बीड़ी सड़क के बीच फेंककर कहता है–

"भाई, मैं सच कह रहा हूँ। अब तुम्हें किसी भी दुकान पर आटा नहीं मिल सकता। आटा बेचने और गेहूँ ख़रीदने का काम अब सरकार के हाथों में है। हाँ, अगली गली से अन्दर मुड़ जाओ। सरकारी राशन की दुकान है। क़िस्मत होगी तो मिल जायेगा।"

वह उसे कोई जवाब दिये बिना गली के अन्दर मुड़ जाता है। दुकान सामने ही है, लेकिन बहुत लम्बी लाइन है। वह भी उसमें शामिल हो जाता है। लोगों के चेहरों पर इतनी गर्मी में भी प्रतीक्षा करने पर कहीं ग़ुस्सा या बेचैनी नहीं। सब्र और सन्तोष तो ग़रीब लोगों का गुण है ही। लगभग दो घण्टे के बाद वह दुकान की दहलीज़ के अन्दर पाँव रख पाता है। दुकानदार उसकी ओर हाथ बढ़ाकर कहता है–

"कार्ड?"

वह चौंक जाता है। भयभीत होकर इधर–उधर देखता है। फिर रुपये का नोट निकालकर आगे बढ़ाता है।

"ओये, पहले कार्ड दे।"

कार्ड? क्या कार्ड? मेरे पास नहीं।"

दुकानदार पहले से ही खीझा बैठा है। तीखी आवाज़ में कहता है–

"चल, हट। निकल बाहर। सरकारी दुकान है, सरकारी। आ जाते हैं मुँह उठाये। परे हट। औरों को आने दे। यहाँ आटा–वाटा नहीं।"

उसके पीछे लाइन में खड़े लोग बेचैन हो रहे हैं। वह निगाह घुमाकर सहायता के लिए चारों ओर देखता है, लेकिन उसकी नज़र पड़ते ही लोग चेहरा दूसरी ओर कर लेते हैं, जैसे उन्हें पता हो कि वे सब कोई पाप कर रहे हैं। और तब उसे अपनी घरवाली और लड़के के ख़ाली पेट का ध्यान आया। आशा टूट जाये तो भय भी ग़ायब हो जाता है। वह वैसे भी ग़ुस्से वाली तबीयत का आदमी है। अब वह सूरज की तेज़ गर्मी, दो

घण्टे की प्रतीक्षा, सरकारी राशन की दुकान, इन सबसे बदला लेने पर उतर आया है। मजे में लगातार बोलते रहने के कारण उसकी आवाज़ वैसे भी ऊँची है। वह हाथ झटककर कहता है–

''नहीं देगा! कैसे नहीं देगा! तेरे बाप की दुकान है क्या? साले, सरकारी दुकान है। सरकार किसकी है? तेरे पियो दी। एक रुपये का आटा तोल दे, नहीं तो तू हस्पताल पहुँचेगा और मैं जेल।''

दुकानदार सिकुड़कर पीछे हो गया है। लोग अब उसकी मदद पर उतर आये हैं। किसी सहानुभूति के कारण नहीं, इस डर से कि कहीं झगड़ा बढ़ गया, दुकान बन्द हो गयी तो उन्हें आज राशन नहीं मिलेगा। मिली–जुली आवाज़ आयीं–

''अरे भाई, थोड़ा–सा आटा दे दो। अनपढ़–गँवार है। इसे कार्ड का क्या पता। लगता है, कई दिनों का भूखा है। ग़रीब को खाने को नहीं मिले तो तंग आकर दंगा करेगा। जी हाँ, ख़ून–ख़राबा करेगा...''

दुकानदार ने रुपया लेकर उसे थोड़ा–सा आटा दे दिया। वह दोपहर बाद घर पहुँचा। बीवी ने रोटियाँ बनायीं, तीनों ने चुपचाप खा लीं। भूख का दानव पीछे की ओर से छलाँग लगाकर फिर उसकी गर्दन पर सवार हो गया। सुबह उठकर उसने मजमा लगाने का सारा सामान इकट्ठा करना शुरू कर दिया। लड़का चुपचाप ज़मीन पर लेटा बाप को काम करते देख रहा है। कभी–कभी वह ठण्डे चूल्हे की ओर भी देख लेता है। माँ उसकी निगाहों का मतलब समझ जाती है। ट्रंक के कोने से दो काग़ज़ की पुड़िया निकालती है। एक में चीनी है और एक में थोड़ी–सी चाय की पत्ती। वह चूल्हा जलाकर बिना दूध की चाय बनाती है और बाप–बेटे के सामने पीतल के गिलासों में डालकर रख देती है। बाप गिलास उठाकर घूँट भरना आरम्भ कर देता है। बेटा गिलास की ओर हाथ तक नहीं बढ़ाता।

''अब क्या मन्तर पढ़ रहा है? चाय पी। काम पर चलना है।''

''नहीं जाता। मैं रोटी खांणी है।''

''तू सिद्धी तरह उठता है कि करूँ छितरोल?''

''नहीं जाता। नहीं जाता।'' और लड़के ने हाथ मारकर चाय नीचे गिरा दी। उसने हाथ बढ़ाकर लड़के के गले में पंजा फँसा दिया और दूसरे हाथ से उसे बेतहाशा पीटना शुरू कर दिया। घरवाली ने झपटकर उसे धक्का दिया और लड़के को अपनी पीठ पीछे कर लिया।

"खाने को रोटी नहीं ला सकता और ऊपर से कसाइयों की तरह लड़के को पीट रहा है। इतना ही शेर है तो डाल कहीं डाका। काट ले किसी की गर्दन। दे दे हम दोनों को ज़हर।"

"मैं कहता हूँ परे हट जा। मैं इस हराम के बीज की सारी अकड़ निकाल दूँगा। देखूँ, कैसे नहीं जाता काम पर।"

"नहीं हटती, नहीं हटती। कर ले जो करना है।"

और फिर मरे हुए चीते के गुफा जैसे गले में सुबह का दृश्य अभी–अभी फिर दुहरा गया। जलता चूल्हा। जलती हुई लकड़ी को खींचता उसका हाथ हवा में लहराया, बीवी ने दोनों हाथ बचाव के लिए ऊपर उठाये। हाथों के घेरे को तोड़कर बीवी के बायें गाल पर जलती लकड़ी का वार। एक लम्बी चीख़। लड़के का चुपचाप काम के लिए साथ निकल पड़ना। नीम का पेड़। आसपास जमा हो गयी भीड़ और गुर्राता हुआ मरे चीते का सिर।

अब तक पचास–साठ आदमी घेरा डालकर खड़े हो चुके हैं। उसने ज़मीन में एक लम्बी–सी कील गाड़कर टोकरी में से नेवला निकालकर रस्सी के साथ कील से बाँध दिया। नेवला छोटे–से दायरे में घूमता है, ठहरकर बिटर–बिटर सब तरफ़ देखता है। आगे बैठे लड़कों में से कोई शीं की आवाज़ करता है और नेवला फिर से छोटे–से दायरे में बेतहाशा भागना शुरू कर देता है। लोग अन्दाज़ा लगा लेते हैं कि दूसरी छोटी टोकरी में साँप बन्द है। उनके चेहरे पर ख़ूँख़ार ख़ुशी की झलक फैल जाती है–तो साँप–नेवलों की लड़ाई देखने को मिलेगी।

लेकिन तमाशा शुरू होने से पहले ही एक सिपाही भीड़ को चीरकर उसके सामने आ ठहरता है।

"चल, उठा यहाँ से अपनी टीन–डब्बा। साले, बाप की सड़क समझ रखी है क्या? सारा ट्रैफ़िक रोक रखा है।"

भीड़ से तरह–तरह की आवाज़ें आती हैं।

"अजी, ग़रीब आदमी है। छोड़ दो। बेचारे को रोटी के लिए पैसा कमा लेने दो।"

उसके लिए पुलिसवालों का मजमा लगाने से रोकना कोई नयी बात नहीं है। वह भीड़ के शोर–शराबे के बीच एक रुपये में सिपाही से सौदा

पटा लेता है। सिपाही सबसे आगे, वी.आई.पी. का स्थान ग्रहण करके खड़ा हो जाता है।

वह अपनी जेब से एक मैली–सी ताश निकालकर पत्ता छिपाने और बताने के खेल शुरू करता है, लेकिन लोग इसके प्रति कोई उत्साह अथवा उत्सुकता नहीं दिखाते। एक मोटी आवाज़ उछलती है, ''उस्ताद, छोड़ यह चालाकियाँ। तेरे से अच्छे ताश के खेल मैं दिखा सकता हूँ। कोई नया जोश पैदा कर, नया।''

उसका लड़का ढोलक पीटकर, कभी सिर के बल ज़मीन पर खड़ा होकर, कभी हाथों पर सारा वज़न डालकर लम्बी–लम्बी छलाँगें लगाते हुए भीड़ का उसके खेलों से ज़्यादा मनोरंजन कर रहा है। उसे ग़ुस्सा आ रहा है। वह जानता है, भीड़ इन पुराने खेलों के प्रति अब आकर्षित नहीं की जा सकती। सब लोग थोड़ा–सा ख़ून बहता हुआ देखना चाहते हैं। एक कीं–कीं करती–सी बाँसुरीनुमा आवाज़ गूँजती है–

''उस्ताद, लड़ाई दिखा दे। देखता नहीं, आग बरस रही है। ये छोटे–छोटे चोंचले छोड़।''

वह साँपवाली टोकरी पर से ढक्कन उठाता है। साँप फिर से हिलता नहीं। वह लम्बी–सी छड़ी का टहोका मारकर साँप को हिलाता है। साँप धीरे–धीरे रेंगकर टोकरी के बाहर आ गया है। वह आवाज़ लगाता है–

''माई–बाप, अब मैं आप लोगों को साँप–नेवले की लड़ाई दिखाता हूँ। माई–बाप, भूख सब कुछ करना सिखा देती है। माई–बाप, देखना, दोनों कैसे एक–दूसरे को निगलेंगे। माई–बाप, बोलो एक बार सब मिलकर–''जय शंकर की''

भीड़ ने एक आवाज़ में जवाब दिया–''जय शंकर की!'' साँप–नेवले के पास जाने से घबरा रहा है। नेवला उछल–उछलकर रस्सी तुड़ाने की कोशिश कर रहा है। आवाज़ उभरती है–

''साला, डरता है।''

''अजी, जान किसको प्यारी नहीं होती?''

''अरे भाई, साँप को ज़रा आगे खिसकाओ न।''

वह छड़ी से साँप को और आगे करता है। इस वक़्त बड़ी फुर्ती से काम लेना है। नेवले का साँप पर मुँह पड़ते ही उसे इन दोनों को अलग कर देना है, वरना नेवला साँप को मार डालेगा। और नया साँप ख़रीदने

के पैसे उसके पास नहीं हैं। नेवले ने छोटा–सा मुँह खोलकर साँप की पूँछ में दाँत गड़ा दिये हैं। साँप छटपटा रहा है। वह नेवले की पीठ पर छड़ी मारकर दोनों को अलग कर देता है।

भीड़ विरोध में शोर मचा रही है।

''यह चालाकी है। अभी इनकी लड़ाई शुरू नहीं हुई। साँप को फिर से नेवले के पास छोड़ो।''

''हमारा पैसा कोई हराम का नहीं।''

''उस्ताद, पूरी लड़ाई होने दे। मैं एक रुपया दूँगा।''

उसने हवा में ऊँचा उठा हाथ और हाथ में पकड़ा नोट देख लिया है। वह भीड़ के मूड को समझ रहा है। यह लोग पैसा इतनी आसानी से देने वाले नहीं। उसने साँप को नेवले के पास पटक दिया। इस बार नेवले ने पहले ही झटके में साँप का मुँह पकड़ लिया है। ख़ून की छोटी–छोटी बूँदें साँप के शरीर पर चमक आयी हैं। साँप छटपटा रहा है।

नेवला लगातार एक दायरे में दौड़ रहा है। वह नेवले के पीछे भाग रहा है–साँप को छुड़ाने के लिए। भीड़ जोश में आ गयी है।

''मज़ा आ गया।''

''नेवला साला ग़ज़ब का है।''

''देखो, कैसे साँप की गर्दन पकड़ रखी है?''

''उस्ताद, छुड़ा दो। नहीं तो साँप गया तुम्हारा।''

उसने हाथ ऊपर उठाया। नेवले की दुम पर छड़ी मारी, लेकिन इस क्षणांश में नेवला थोड़ा आगे सरक चुका है। छड़ी ज़ोर के साथ नेवले की कमर पर पड़ी है। चटाक की आवाज़ के साथ नेवले की कमर टूट गयी है। नेवला तीन–चार बार छटपटाया और फिर हिलना बन्द हो गया। मरने के बाद उसके दाँत और ज़ोर–से साँप की गर्दन पर कस गये हैं। अब साँप ने भी तड़पना बन्द कर दिया है। जो हाथ एक रुपये के नोट को हिला रहा था, वह भीड़ से ग़ायब हो चुका है। वह माथे पर हाथ रखकर नीचे बैठ गया है। भीड़ ने थोड़े–से सिक्के चादर पर फेंक दिये हैं। उसकी निगाह सिपाही पर पड़ती है। सिपाही की आँखें चादर पर पड़ी रेज़गारी को गिनकर एक रुपये के नोट मे बदल रही हैं। वह अन्दाज़ा लगा लेता है। उसके हिस्से में सिपाही को पैसा देने के बाद रात

का आटा शायद ही पड़े। लोग अपनी जगह से हिलना शुरू कर देते हैं। वह गरजकर बोलता है–

"ख़बरदार! कोई माँ का लाल अपनी जगह से न हिले। माँ काली की क़सम है। अभी असली खेल बाक़ी है।"

वह अपनी कमर में खोंसा हुआ चाकू बाहर निकाल लेता है। सूरज की रोशनी में चार इंच लम्बा लोहा चमक उठता है। वह अपनी क़मीज़ उतार देता है। दोनों हाथों से पेट को पीटना शुरू कर देता है। उसका पेट किसी ख़ाली घड़े की तरह गड़–गड़ की आवाज़ के साथ बज रहा है।

"माई–बाप! पेट का सवाल है। पापी पेट का सवाल। अब मैं अपने लड़के, अपने जिगर के टुकड़े के पेट में चाकू घोंप दूँगा। माई–बाप, कोई अपनी जगह से मत हिलना। माई–बाप, मेरे लड़के की ज़िन्दगी का सवाल है। आप हिले तो वह मर जायेगा। मैं मन्तर से माँ काली को सिद्ध करूँगा। आप देखेंगे, लड़के के पेट से ख़ून के फ़व्वारे निकलेंगे, लेकिन काली की किरपा से वह मरेगा नहीं। कोई न हिले। नहीं तो मेरे लड़के का ख़ून उसके सिर पर होगा।"

अब भीड़ डर गयी है। वह 'जय माता की, जय माता की' चीख़ता हुआ दायरे में दौड़ रहा है।

लड़का कहाँ गया? लड़का कहाँ गया?

अब भीड़ ध्यान देती है कि उसका लड़का वहाँ से खिसक गया है लेकिन वह जानता है, लड़का इस वक़्त रबड़ की छोटी–सी नली में लाल पानी भर रहा है। फिर वह इस लाल पानी से भरे रबड़ के गुब्बारे को पेट के साथ बाँध लेगा। वह चाकू का तिरछा वार करेगा। चाकू लाल पानी से भरे गुब्बारे में खुभ जायेगा। लोग लाल पानी को ख़ून समझ लेंगे। लड़का हमेशा इस मौक़े पर ग़ायब हो जाता है। भीड़ के तनाव और आतंक को टूटने की सीमा तक बढ़ा देता है।

लड़का भीड़ में से रास्ता बनाकर दायरे के अन्दर आ गया है। वह लाल रंग की आइसक्रीम चूस रहा है। चादर से कुछ पैसे चुपके–से उठाकर वह कुल्फी ख़रीद लाया है।

लड़का बाप के हाथ में चमकता चाकू देखकर भाग खड़ा होता है। बाप उसकी ओर झपटता है। लड़का चीख़ता है। बाप ख़ुश हो रहा है। आज लड़का पूरे दिल के साथ खेल में भाग ले रहा है। ख़ूब पैसे

आयेंगे। उसकी आँखों में ख़ून उतर आया है। लड़का अब भी चीख़ रहा है, भाग रहा है।

"जय काली माता की! माई–बाप, जान किसको प्यारी नहीं होती। माई–बाप, पेट का सवाल है। पापी पेट का, वरना कौन बाप अपने बेटे को चाकू से फाड़ेगा।"

अब वह दोनों हाथों से पेट को पीटता हुआ लड़के के पीछे भाग रहा है। चादर पर पैसे गिरने शुरू हो जाते हैं। आवाज़ें आती हैं–डरी हुई और आतंकित।

"अरे, छोड़ दो। मत मारो। जाने दो। देखो, बेचारा कैसे चीख़ रहा है?"

लेकिन पैसे गिरते देखकर उत्साह बढ़ गया है। खेल शुरू होने से पहले लोग डरकर पैसे फेंक रहे हैं। ख़त्म होने पर कम–से–कम दस रुपये तो मिलेंगे ही।

अब उसने एक लम्बी छलाँग लगाकर लड़के को गर्दन से पकड़ लिया है। उसने धक्का देकर ज़मीन पर गिरा दिया। वह लड़के की छाती को घुटनों से दबाकर उसके ऊपर सवार हो गया है। लड़का किसी ज़िबह होते बकरे की तरह 'बें–बें' कर रहा है, छटपटा रहा है। उसे हाथों से आइसक्रीम छिटककर दूर जा गिरी है। चीख़ मारता है–

"बापू, मत मार। बापू, छोड़ दे।"

"जय काली माता की!"

उसका हाथ हवा में ऊपर उठता है, चाकू सूरज की रोशनी में लपलपाता है और तिरछा होकर लड़के के पेट की ओर बिल्कुल पसलियों के नीचे जिगर वाली जगह में घुस जाता है।

पहले लाल रग की कुछ बूँदें चाकू लगने से फट गयी कमीज़ पर उभरती हैं। फिर ये बूँदें एक पतली धार में बदल गयी हैं। लड़का छटपटा रहा है। सफ़ेद चादर पर सिक्के गिर रहे हैं।

अब पतली धार एक छोटे–से फ़व्वारे की तरह बाहर उछलती है। वह चाकू बाहर खींचता है। ज़ोर क्यों लग रहा है? लड़के के जिस्म में से ज़ोर लगाकर चीख़ें उभरती हैं

"बापू, मर गया!"

वह लड़के की क़मीज़ उठाकर देखता है, लेकिन वहाँ रबड़ का गुब्बारा बँधा ही नहीं है। लड़का आइसक्रीम खाने भीड़ से बाहर गया था। वह लाल पानी से भरा गुब्बारा पेट पर बाँधना भूल गया है। वह उछलकर लड़के की छाती से नीचे उतर आया है। लड़के का जिस्म किसी गर्दन कटे जानवर की तरह ज़मीन पर उछल रहा है। वह चीख़–चीख़कर कह रहा है–

''माई–बाप, पेट का सवाल है, पापी पेट का। मैंने लड़के का ख़ून कर दिया है।''

भीड़ ने लड़के के पेट के घाव से निकलते असली ख़ून को देख लिया है। लोग तेज़ी–से वहाँ से भाग रहे हैं। पुलिस का सिपाही सबसे पहले वहाँ से ग़ायब हो गया है।

लड़के का जिस्म तड़पकर उछल रहा है। अब वह चीते की मरी हुई खोपड़ी से टकरा गया है। खोपड़ी ईंट पर से नीचे ज़मीन पर गिर गयी है। लम्बे–लम्बे चीते के नुकीले दाँत ख़ून से सन गये हैं। सूरज ख़ून देखकर धमक गया है। झट–से नीम के पीछे छिप गया है।

चीते का मरा हुआ सिर मुँह खोले, मुँह बाये ज़मीन पर पड़ा है। अब लड़के का जिस्म रह–रहकर तड़प रहा है। फिर एक लम्बी चीख़ के साथ वह हिलना बन्द कर देता है। ख़ून का छोटा–सा सुस्त–सा दरिया धरती पर धीरे–धीरे फैल रहा है।

वह मरे हुए चीते की खोपड़ी के मुँह में झाँकता है। उसकी घरवाली अपने बचाव के लिए दोनों हाथ ऊपर किये खड़ी है और उसके हाथों में चूल्के से बाहर खींची हुई जलती लकड़ी है और इसी के साथ दूसरा दृश्य जुड़ जाता है। चमक मारता चाक़ू, हवा में उठा उसका हाथ, लड़के के जिगर में घुसता चाक़ू, एक लम्बी चीख़ और आसपास सुस्ती के साथ फैलता जा रहा ख़ून का दरिया...

क्या कोई यहाँ है?

गाड़ी इस स्टेशन पर सिर्फ़ आधा मिनट ठहरी। जब वह नीचे उतरा तो इसका किसी को भी पता न चला क्योंकि रात का एक बजा हुआ था और सब लोग सोये–अधसोये थे। प्लेटफ़ार्म पर पैर रखते ही पहला ख़याल उसके दिल में आया कि वह कुछ खाये। पिछले बारह घण्टे से वह सफ़र कर रहा था, लेकिन खाने को कहीं कुछ नहीं मिला। इस स्टेशन, इस स्थान, इस जगह पर वह पहली बार आ रहा था। उसे दो दिन पहले ही आज्ञा दी गयी थी कि इस शहर में आज तक कोई नहीं गया। वह जाये। पता करे कि आबादी कितनी है? अस्पताल है या नहीं? क्वार्टर कितने हैं? ताकि कम्पनी अपना छोटा दफ़्तर खोलने–न–खोलने का फ़ैसला ले सके। रेलवेवालों से पूछताछ करने के बाद उसे पता चला था कि सिर्फ़ इसी गाड़ी से यहाँ पहुँचना उसके लिए ठीक रहेगा।

उसने हाथ में पकड़ा बैग नीचे रखा। सर्द हवा ने आगे बढ़कर उसका स्वागत किया। प्लेटफ़ार्म के सिरे से हवा का एक गोला उठता है। गोल–गोल चलता हुआ आगे बढ़ता है। रास्ते में कोई रुकावट नहीं। गति पकड़ लेता है लेकिन वह जो खड़ा है, पूरी ताक़त से गोल घूमती सर्दी उससे टकराती है, इस रुकावट से भन्ना जाती है, उसे पूरी ताक़त से धक्का देकर आगे बढ़ जाती है। तब तक हवा का अगला गोला आक्रमण की मुद्रा में उसके पास पहुँच चुका होता है।

वह बाँह पर लटके कोट को खोलता है। दोनों बाँहें पीछे की तरफ़ फैलाता है। इस वक़्त वह भयानक रात–पक्षी–सा दिख रहा है। अभी शरीर की शक्ति पंखों में भरेगा, जिस्म तोलेगा और भारी उड़ान भरता हुआ ऊपर उठ जायेगा। कोट की बाँहों में उसकी बाँहें घुस गयी हैं। खुले हुए डैने नीचे आ गये हैं। वह ऊपर गले तक के सारे बटन बन्द कर लेता है।

उसने बैग उठा लिया है। चारों तरफ देखता है। जायज़ा लेता है लेकिन सारे प्लेटफ़ार्म पर उसे कहीं कुछ भी दिखायी नहीं देता। टीन की टेढ़ी छत से चिपका हुआ बिजली का एक बल्ब देखता है। रोशनी का छोटा गोला नीचे फैला हुआ है। वह बल्ब के नीचे आकर ठहर गया है। उसके क़दमों की आहट से टीन की छत के निचले हिस्से में बैठे कुछ परिन्दों की नींद टूटी है। तेज़–तेज़ चलकर उन्होंने अपनी जगह बदली है। छत के साथ उनके पंखों की रगड़ से खड़–खड़ की आवाज़ हुई है। ख़ाली कमरे के फ़र्श पर सर्र–सर्र भागते चूहों के दौड़ते पैरों की आवाज़। कट–कट करता कुछ। फिर सब कुछ चुप। वह दो क़दम आगे बढ़कर रोशनी के दायरे से बाहर निकल जाता है। परिन्दों ने उसे आगे बढ़ता देख लिया है। सुरक्षित होकर फिर से आँखें बन्द कर लेते हैं और छत के साथ चिपके हुए सो जाते हैं।

अब वह चौकस होकर खड़ा हो गया है। बड़ी देर से उसे लग रहा है कि सपाट प्लेटफ़ार्म पर कुछ चल रहा है। आँखें इस आकारहीन आकृति को ग्रहण करने की कोशिश कर रही हैं, अन्दर फेक रही हैं लेकिन उसकी चेतना और मस्तिष्क इसे कोई शब्द नहीं दे पा रहे हैं। उसकी सारी इन्द्रियाँ सिमट गयी हैं। लागतार बहती आकृति अब भी वह देख रहा है। फिर मद्धिम–सी सरसराती आवाज़ सुनता है। देखना–सुनना दोनों मिलकर अर्थ दे देते हैं। चलती हुई हवा। लेकिन वह तो विज्ञान पढ़ा है। धीरे बहती हवा क्योंकर दिखायी दे सकती है? सपाट प्लेटफ़ार्म पर, छोटे बल्ब की फ़ीकी रोशनी में एक झीना, वायवी–सा पर्दा हिलता हुआ उसे साफ़ दिखायी दे रहा है। अपनी ज़िन्दगी में पहली बार उसने हवा को देखा है। बैग उठाकर फिर से आगे बढ़ जाता है।

वह नज़र दौड़ाकर देख चुका है कि कहीं भी खाने को कुछ नहीं मिलेगा। यह पता लगते ही उसकी भूख और बढ़ जाती है। वह पहले दर्जे में सफ़र करके आया है। बाक़ी की रात विश्राम–गृह में काट सकता है। एक कमरे के आगे ठहरता है, जिस पर लिखा हुआ है कि यहाँ आप विश्राम कर सकते हैं। वह जाली का दरवाज़ा खींचता है। असली दरवाज़े पर लटका काला–सा ताला देखता है और फिर से जाली का दरवाज़ा भेड़ देता है। अब वह थोड़ा चौकन्ना होकर सोच रहा है। बाहर खुले प्लेटफ़ार्म पर इस बला की सर्दी में रात काटना कठिन है। फिर वह

इतना लम्बा सफ़र करके यहाँ पहुँचा है। इतने घण्टों से न कुछ खाया, न कुछ पिया।

लेकिन वह अतिरिक्त घबराया हुआ नहीं है। उसकी उम्र लगभग तीस साल की है। दूसरे सब लोगों की तरह वह अब तक अँधेरे में रहने का, चलने का, जीने का, साँस लेने का और सोचने का आदी हो चुका है। वह सोच लेता है कि स्टेशन से बाहर निकलेगा। कोई–न–कोई होटल तो यहाँ होगा ही। रात वहीं काटेगा। बाहर जाने का लोहे का दरवाज़ा मुँह बाये खड़ा है। वह टिकटवाली खिड़की के पास पहुँचता है, जिस पर लिखा है कि यह चौबीस घण्टे खुली रहती है, लेकिन वह भी बन्द है। वह तीसरे दर्जे के विश्राम–गृह से बाहर क़दम रखता है और बाहर की सड़क पर पहुँच जाता है।

बाहर क़दम रखते ही उसे पहला एहसास यह होता है कि हवा की ठण्डी धार और तेज़ हो गयी है। इसकी आवाज़ भी बदल गयी है। दनदनाती हुई चल रही है। शहर–के–शहर सूने करती। लेकिन वह समझ चुका है कि आज की रात तो इस हवा के सामने ही काटनी है।

वह आसपास देख रहा है। दीवार की ओट के साथ लगी रिक्शा खड़ी है। उसका जी बढ़ जाता है। अब कहीं किसी से पूछना नहीं पड़ेगा कि होटल कहाँ है।

रिक्शावाला छोटी–सी सीट पर टाँगें छाती में घुसेड़े लेटा हुआ है। उसने एक मैली–सी चादर ओढ़ रखी है, लेकिन चादर इतनी झीनी है कि मुँह ढके होने के बावजूद उसमें से चेहरे की सारी आकृति सपाट दिखायी दे रही है। वह उसे जगाने के लिए मुँह खोलता है लेकिन कोई आवाज़ निकाले बिना उसे बन्द कर लेता है, क्योंकि उसकी निगाह चादर से बाहर निकल आये एक पाँव पर पड़ गयी है। पाँव अन्दर की ओर मुड़ा हुआ है–दात्री की तरह टेढ़ा। यह क्षण बहुत पीछे बचपन की ओर वापस लौट जाता है और व्यतीत तैरता हुआ, बहता हुआ इन क्षणों में आ सिमटता है। दादी की गोद। जलता हुआ लैम्प। रज़ाई में दुबका बैठा वह। दादी की सुनायी कहानियाँ। हमेशा भटकता कोई राजकुमार। प्रेतों और राक्षसों से युद्धरत। उसका दादी से डरते–डरते पूछना कि प्रेत कैसे पहचानते हैं। दादी का दबी आवाज़ में बताना कि प्रेत के पैर अन्दर की ओर मुड़े हुए होते हैं, फ़सल काटने वाली दात्री की तरह टेढ़े। लैम्प की रोशनी का और फ़ीका पड़ जाना।

फिर वह सजग चेहरे से अतीत को पीछे धकेल देता है। पश्चात् वर्तमान से कटकर पीछे की ओर उल्टा बह जाता है और वह हाथ बढ़ाकर रिक्शावाले का कन्धा हिला देता है। वह एक झटके के साथ उठ ठहरता है। उसके जिस्म पर पहने लम्बे कोट को देखता है, हाथ में पकड़े बैग को देखता है, चेहरे पर फैले आत्मविश्वास को देखता है और डर जाता है। यह तो हमारा आदमी नहीं, किसी और का प्रतिनिधि है। इस तरह के लोग जब भी आते हैं, कुछ–न–कुछ खो जाता है। वह समझ गया कि आज उसकी बारी आ गयी है।

''किसी होटल में ले चलो।''

रिक्शावाले ने पैडल पर पाँव रखा। गद्दी पर बैठा। रिक्शा मोड़ी। मोड़कर रोकेगा, उसे बैठने के लिए कहेगा, लेकिन रिक्शा मुड़ने के दृश्य के पूरा होने से पहले वह समझ गया कि यह रुकेगी नहीं। रिक्शावाले अधखड़ा हुआ। दोनों पैडलों पर सारे जिस्म का ज़ोर डाला और खड़खड़ाती आवाज़ के साथ गति पकड़ता हुआ आगे बढ़ गया। मोड़ काटने से पहले उस आदमी ने पीछे मुड़कर ज़रूर देखा कि कहीं उसका पीछा तो नहीं किया जा रहा। खड़–खड़ की आवाज़ें छोटी–छोटी गेंदों की तरह अब भी हवा में इधर–उधर उछल रही हैं। फिर हवा बड़ी ज़ोर से इन्हें उछालती है और सब तरफ़ उछाल डालती है। एक–एक करके सारी आवाज़ें मर जाती हैं और वह फिर से अकेला इस तेज़ हवा के सामने खड़ा हो जाता है।

दूसरे लोगों की तरह वह भी अँधेरे का, रात का यात्री है। ऐसा कई बार हो चुका है कि वह आधी रात को शहरों में पहुँचा है, कोई सवारी नहीं मिली है, लेकिन फिर भी उसने रात काटने की कोई–न–कोई जगह खोज ही निकाली है। वह डरा हुआ तो नहीं लेकिन हैरान ज़रूर है। जगह–जगह यह सूनापन क्यों फैल गया है? न कहीं आदमी, न आदमज़ात। सब एक–दूसरे से डर रहे हैं। किसी अजनबी को देखते हैं तो पहली क्रिया भय की होती है और प्रतिक्रिया दहशत की। वह रिक्शावाला किसी सवारी के इन्तज़ार में ही तो स्टेशन के बाहर खड़ा था। फिर? आदमी को आदमी से दहशत हो गयी है। उसे अन्दर–ही–अन्दर एक कमीना सुख मिल रहा है कि लोग उससे भी डरना शुरू हो गये हैं। हम ज़िससे घृणा करते हैं, अन्दर–ही–अन्दर वही बनना चाहते हैं।

अत्याचार के ख़िलाफ़ लड़ने वाला जब शक्ति प्राप्त कर लेता है तो स्वयं कहीं बड़ा अत्याचारी बन जाता है। वह यहाँ छोटा ऑफ़िस खोलेगा, काम फैलायेगा, कर्ता–धर्ता वही होगा। उससे गहरी दोस्ती है, लेकिन शादी के लिए खुलकर हाँ नहीं करती। इसकी वजह वह भी जानता है। प्यार सिर्फ़ वक़्त–कटी ही तो नहीं रह गया है। शादी तो सुप्रबन्ध है। अब वह जल्दी ही यह सुप्रबन्ध कर लेगा।

सर्दी और हवा उसे मिलकर टहोका देते हैं–प्यार को फुर्सत में सोच लेना, भोग लेना। उसकी व्यापारी–सोच इस निजता के बहाव को रोक देती है, काट देती है। अब वह स्टेशनी इलाक़े से बाहर आ गया है। दरम्यानी चौड़ाई की सड़क है। जैसे हर शहर में स्टेशन के बाहर सबसे पहले खाने–पीने की दुकानें होती हैं, वैसा ही यहाँ भी है लेकिन सब दुकानें बन्द हैं। कोई भी बाहर नहीं सोया हुआ। तो हैरान क्यों होते हो? कारण बताता है कि इस सर्दी में बाहर कोई क्योंकर सोयेगा। दुकानों के मुँह पर बड़े–बड़े तन्दूर बने हैं। ठण्डे पड़े हैं। ठण्ड में गुमसुम सिकुड़े बैठे हैं। उसके क़दमों की हल्की–सी आहट भी सर्वत्र ख़ामोशी की आवाज़–सी फटती फैलती है।

वह ठहर गया है। ज़मीन में हल्की–सी धमक हुई है। उसकी सारी इन्द्रियाँ सिमटकर कानों में आ गयी हैं। कुछ हिला है। कहाँ? कौन हो सकता है? वह तन्दूरों की ओर देखता है। क़ब्रिस्तान में लेटी हुई क़ब्रें उठ ठहरी हैं। सीधी खड़ी हो गयी हैं। कान आँखों को पकड़कर निगाह को एक तन्दूर पर केन्द्रित कर देते हैं। तन्दूर के निचले, सामनेवाले हिस्से में एक बड़ा–सा सुराख़ है। वहाँ से एक लम्बा–सा मुँह बाहर निकलता है। चाँद ऐन उस मुँह के ऊपर ठहर जाता है। मुँह पर का पिचका हुआ नाक बार–बार सिकुड़ता है, फैलता है। सूँघ रहा है। राख की तह से ढका हुआ आकृतिहीन मुँह। मुँह की आँखें इस पर पड़ गयी हैं। इसे दूर खड़ा देखकर कुछ आश्वस्त होती हैं। अब सरककर गर्दन भी बाहर आ गयी है। धीरे–धीरे शेष शरीर भी बाहर आ गया है। उसकी चौकस इन्द्रियों का खिंचाव कम पड़ गया है। कुत्ता है। इतनी सर्दी कि जानवर तन्दूरों की कोसी राख में घुसकर रात काटते हैं।

लेकिन नहीं, यह चौपाया अब खड़ा हो गया है। दो पाँवों पर। दो टाँगों पर। जिस्म पर लिपटी हवा–पंखे के कण–कण झाड़ रही है।

यह तो आदमी है। क़ब्र से बाहर निकल आया। चेहरे और शरीर का हर हिस्सा राख पुता है। चाँदनी इस राख सने शरीर पर पड़ती है, क्षणांश में मैली होती है और भर जाती है। वह राख–आकृति अब मात्र खड़ी होती है। भागते हुए हर दुकान के बाहर बने तन्दूर पर हाथ से थपाक करती जाती है। प्रत्येक उठ खड़ी हुई क़ब्र से एक–एक करके जीवित शव बाहर निकले हैं और पहली राख–आकृति के पीछे भागते हुए गली का मोड़ काट जाते हैं।

अब पहली बार उसे भय का एहसास हुआ है, लेकिन डरने की क्या बात है? कारण, शक्ति छोटे–से भय को धक्का देकर उसके अन्दर से बाहर फेंक देती है। भिखारी हैं। रात को कहाँ सोयेंगे? इन क़ब्रों की सुरक्षा ही उन्हें बचा सकती है। सब कुछ समझ में आ जाने के बावजूद डर उसके शरीर के बाहर थमा खड़ा है। इतने सारे जीवित लोग क़ब्रों में घुस गये हैं। अन्दर के अँधेरे, कोसी राख और अकेली ठण्ड की सुरक्षा में बैठकर अपने आप को बचा रहे हैं। इनके अपने अन्दर की शक्ति कहाँ गयी? इस शक्ति को कौन बूँद–बूँद करके सोख गया है? फिर एक क्षण के लिए उसके दिल में यह ख़याल आया ज़रूर कि क्यों न वह भी बाक़ी ठण्डी रात इस अधगर्म तन्दूर की सुरक्षा में काट ले? उसने अपनी इस क्षणिक कमज़ोरी को गाली दी और आगे बढ़ गया।

अब वह शहर की मुख्य सड़क पर चल रहा है। इतनी देर से बैग उठाया हुआ है। हाथ की उँगलियाँ बैग के हैंडल पर चमगादड़ के पंजों की तरह टेढ़ी होकर चिपक गयी हैं। वह सड़क पर बैग रखता है। जल्दी–जल्दी हाथ को खोलता है, बन्द करता है, फिर खोलता है। उँगलियों में रक्त का संचार शुरू हो जाता है। अब आगे कहाँ जायेगा? आगे जाकर होगा क्या? वह अपनी स्थिति का जायज़ा ले रहा है। उसे स्टेशन की सुरक्षा से बाहर आना ही नहीं चाहिए था। अँधेरे में चलने को क्या आगे बढ़ना कहा जायेगा? क्या वह लौट जाये? तेज़ हवा और अँधेरे का गठजोड़ हो चुका है। हवा उसे मारती है और अँधेरा हवा को ओट दे रहा है। कहीं–कहीं मकानों के बीच दुकानें ज़रूर होंगी, लेकिन इस अँधेरे में वह नाम तक भी तो नहीं पढ़ सकता।

चारों तरफ फैला गहरा चुप्प और घुप्प अँधेरा उसे हिलते हुए महसूस होते हैं। कोई कहीं चल रहा है। हवा का लगातार बहाव

असन्तुलित हो गया है। अँधेरे की काली चमड़ी हिल गयी है, लेकिन पैरों की आवाज़ तो सुनायी नहीं दे रही। तब उसे एक काला–सा आकार अपनी ओर बढ़ता दिखायी देता है जैसे अँधेरे को काटकर, तराशकर शरीर बना दिया गया हो। वह और उसका अन्दर मिलकर इस बढ़ते आकार को साँस रोके देख रहे हैं। सब तरफ़ फैले ख़तरे के एहसास ने उसे और चौकन्ना बना दिया है। चौकस कर दिया है। कुत्ता है। वह लम्बी साँस खींचता है–ख़तरा टल जाने की। जीवधारी तो है, उसकी तरह। तो क्या उसे आशंका थी कि कोई अशरीर जीव उसकी ओर बढ़ रहा था? यह तो सहज ज्ञान की बात है कि इतनी रात गये भी कुत्ते घूमते रहते हैं। उसका अन्दर इतना कस क्यों गया था? कार्य–कारण की शक्ति को क्या होता जा रहा है?

कुत्ता उसके पास आकर ठहर गया है। उसके बैग को सूँघता है, मुँह परे कर लेता है। फिर उसके चारों ओर छोटे–से दायरे में घूमता है और ऐन उसके सामने खड़ा हो जाता है। अब चाँद कुत्ते के थूथन पर आकर थम गया है। कुत्ता अपनी नाक को बार–बार सिकोड़ रहा है, फैला रहा है। वह उसकी आँखों में देखता है। लाल हैं। क्षणांश के लिए कुत्ते की आँखों में लालच–भरी चापलूसी उभरती है, जैसी कि पालतू कुत्तों की आँखों में आमतौर पर तैरती रहती है। फिर इस चापलूसी की जगह लालसा ले लेती है। आँखों का रंग लाल होना शुरू हो जाता है। कुत्ता सैकड़ों साल पीछे की तरफ़ यात्रा कर जाता है, लौट जाता है। घना जंगल, दनदनाता वह। साथ पूरा समूह। ताक़त का भरोसा। जिसे चाहा, चीर–फाड़ दिया। जंगल के अँधेरे में आग की छोटी–छोटी लपटों की तरह लपलपाती जीभें। स्प्रिंग की तरह कसा हुआ जिस्म। छलाँग। जिस्म में गड़ते दाँत। आखेट का मरने से पहले का संघर्ष। किसी को मारकर बार–बार अपनी ही शक्ति के सबूत से आश्वस्त होते संस्कार।

कुत्ते की जीभ तेज़ी से लपलपा रही है। इतनी सर्दी में भी जीभ से भूखे थूक की बूँदें नीचे ज़मीन पर गिर रही हैं। उसके सामने के नुकीले दाँत क्षणांश के लिए खुलते हैं, चाँदनी की रोशनी में चाकू की नोक की तरह चमकते हैं, बन्द हो जाते हैं। खुलते हैं, बन्द हो जाते हैं।

पहला ख़याल उसके दिल में आता है कि बैग उठाये और भाग खड़ा हो, लेकिन नहीं। जानवर से सामना होने पर भागना नहीं चाहिए,

तेज़–तेज़ भी नहीं चलना चाहिए। पहला द्वन्द्व तो इच्छा शक्तियों में होता है। मुख्य लड़ाई का हरावल तो यही है। पहले इच्छा शक्ति किसकी टूटती है? पहले वही मरेगा। जिस्मों की लड़ाई तो बाद में शुरू होती है। वह बैग उठा चुका है। सधे क़दमों से चल रहा है।

कुत्ता अपनी सदियों की पीछे की यात्रा से लौट आया है। वह जो तब था, अब नहीं रहा। स्वतन्त्र। दहाड़ता। दनदनाता। अपनी ही शक्ति के धनुष पर छूट जाने के लिए आतुर तीर। अचानक उसके गले से फँसी हुई आवाज़ें निकलना शुरू हो जाती हैं। वह पीछे मुड़कर देखता है। कुत्ते के गले से आवाज़ें किसी पिंजरे को तोड़कर बाहर आने की कोशिश कर रही हैं। हाँ, नगरपालिका की कुत्तागाड़ी में बन्द कुत्तों की आवाज़ें सुनी थीं न। मृत्यु के आभास से दहशत–ज़दा आवाज़ें। वह हाथ सड़क पर झुकाता है। बहाना करता है जैसे कि कोई पत्थर उठा रहा हो। फिर बाँह को ऊपर उठाता है। कुत्ते ने हवा में उछलते तेज़ पत्थर की क्षण भर पहले ही कल्पना कर ली है। 'कूँ–कूँ' की आवाज़ के साथ गली में मुड़ जाता है। उसके भागने से जो स्थान ख़ाली होता है, अँधेरे का सरकता सैलाब उसे झट–से भर देता है। हवा के झूले में अँधेरा फिर से तैरना शुरू कर देता है।

पता नहीं क्यों उसे अपनी बूढ़ी माँ का एक वाक्य याद आ जाता है। तब वह बहुत छोटा था। माँ बताती थी कि कुछ दिनों बाद हम नये देश में चले जायेंगे जो अपना होगा। तब फ़साद शुरू हो चुके थे। सरेशाम गलियाँ, सड़कें, मकान और बाज़ार सुनसान हो जाया करते थे। बलवई रात को ही मार करने के लिए निकला करते हैं। और माँ ने एक दिन उसके पिता से कहा था कि लोग डर गये हैं–उनके पीछे मृत्यु लगी हुई है। अब विशेष क्षण में यह विशेष वाक्य क्यों याद आ गया? वह भी मुड़कर देखता है–कहीं उसके पीछे भी तो कुछ लगा हुआ नहीं? नहीं। दिखायी तो कुछ दिया नहीं लेकिन तर्क तो सत्य को झुठलाता है। अपनी महसूस करने की ताक़त से, ज्ञानेन्द्रियों के माध्यम से, प्रभुज्ञान की राह से वह जान चुका है। उसे निश्चय हो गया है कि कोई कुछ पीछे लगा हुआ है। न वह ठहर सकता है, न चल सकता है। गर्दन के पिछले हिस्से पर गर्म हवा का स्पर्श होता है, किसी की गर्म–गर्म साँस है! वह झट–से कोट का उठा हुआ कालर नीचे कर देता है। गर्दन भी ठण्डी हो जाती है। यह ठण्डा होना उसे आश्वस्त कर देता है।

सड़क के किनारे के पेड़ के तने से लगकर वह थोड़ी साँस ले रहा है। पानी की छोटी–सी बूँद उसके गले पर पड़ती है। कालर के पास से क़मीज़ के अन्दर घुस जाती है और फिर उसकी छाती पर किसी कीड़े की तरह रेंग जाती है। बारिश नहीं, पत्तों पर जम गयी सर्दी धीरे–धीरे पिघल रही है। वह कन्धे सिकोड़ता है। क़मीज़ के बाहर हाथ से रगड़कर कमीज़ के अन्दर चल रहा कीड़ा मसल देता है। कालर उठाने के लिए हाथ उठाता है, फिर नीचे कर लेता है। गर्दन पर गर्म–गर्म श्वास के छू जाने की कल्पना ही उसे ठण्डा कर जाती है।

उसका 'होना' क्या है? उसके न होने से क्या होगा? सब ही न हों तो क्या अन्तर पड़ेगा? उसके अन्दर से एक नाम उभरता है–ईश्वर! फिर वह इस नाम को गले में ही दबा देता है। नाम याद करने पर ख़ुद को ज़लील गाली देता है। इतने सारे जीवित लोग शव बन गये हैं। सुख सिर्फ़ पोस्टरों में क़ैद हो गये हैं। अगर 'वह' है तो फिर आततायी है! सहारे के लिए, सहायता के लिए आततायी को बुलाना आत्महत्या है। सामनेवाले पेड़ की टहनी हिलती है। साथवाला पेड़ इस संकेत को ग्रहण कर लेता है। उसकी टहनियाँ भी हिलती हैं। फिर यकायक सारे पेड़ इस सांकेतिक भाषा में बातचीत शुरू कर देते हैं। टहनियाँ जहाँ वह खड़ा है, उसी कोण पर मुँह रखकर संवाद कर रही हैं। पत्ते मुड़ते हैं। रोशनी की बूँदें क्षणांश के लिए उनके पेट पर पड़ती हैं। रेंगते हुए साँप के पीले पेट की तरह पीले पत्ते। जिस तरफ़ से वह आया है, उसी तरफ़ लौट जाने के लिए टहनियाँ उसे कह रही हैं। वह इस ख़ामोश बातचीत को स्पष्ट समझ रहा है। हाँ, वह जहाँ से आया है, वहीं लौट जायेगा। वह फिर चल पड़ा है। शहर के बीचोबीच जंगल का एक छोटा–सा टुकड़ा है। आसपास पड़ी ईंटों से, बजरी से, वह अन्दाज़ा लगा लेता है कि जंगल का यह टुकड़ा अब बाग़ में बदल दिया जायेगा। वह ईंटों का ढेर फाँदकर जंगल की सीमा में आ गया है। एक बड़े पत्थर पर बैठ जाता है।

तभी उसे क़दमों की आहटें सुनायी देती हैं। लोग सैर के लिए निकल आये हैं! लेकिन इतनी जल्दी यह कैसे हो सकता है? फिर ज़मीन के ख़ाली टुकड़े में उसे कोई झुककर चलता दिखायी दिया।

अब उसकी सारी इन्द्रियाँ आँखों में सिमट आयी हैं। औरत है। बूढ़ी औरत है। काले पकड़े पहन रखे हैं। बड़ी–बड़ी आँखें हैं। वह मुँह ऊपर उठाती है। चाँदनी उसके चेहरे पर उछलकर बैठ जाती है। अब वह उसकी ओर देख रही है। बड़ी–बड़ी आँखों की अंगारे–सी गरमाई वह महसूस कर रहा है। कई बार बिना किसी तर्क की सहायता के, बिना बातचीत और बिना बहस के हम सत्य तक पहुँच जाते हैं। उसे देखकर उस औरत की आँखों में पहचान का, आश्चर्य का, चौंकने का अथवा किसी प्रकार का कोई भी भाव नहीं जागा।

इस औरत की आँखें हैं, लेकिन वह अन्धी है। उसे कुछ भी दिखायी नहीं देता। वह औरत फिर से चलना शुरू कर देती है, लेकिन किसी भी दिशा में आगे नहीं बढ़ रही। लगातार एक दायरे में घूम रही है। थोड़ी–थोड़ी देर बाद नीचे झुकती है और सूखी लकड़ी, टूटी टहनी उठा लेती है। उसने एक बग़ल के नीचे कुछ सूखी लकड़ियाँ दबा रखी हैं।

अब वह अपनी जगह से उठा। उसकी तरफ़ चल रहा है। उसके पैरों की धमक धरती से उठी, वायुमण्डल की लहरों पर फैली और उस औरत के पास पहुँच गयी। वह भी ठहर गयी है। वह सोच रहा है कि उससे पूछे क्या?

वह सूखी लकड़ियाँ क्यों चुन रही है? औरत ने फिर से दायरे में चलना शुरू कर दिया है। उसका साया उसके शरीर से लम्बा है, उसके आगे–आगे चल रहा है। अंगरक्षक है। वह इसके शरीर–गन्ध के आभास–माध्यम से इसके पास पहुँच गयी है। वह अपना प्रश्न दोहराता है–

"आप यह सूखी लकड़ियाँ क्यों चुन रही हैं?"

"शव जलाने के लिए। चिता के लिए।"

वह फिर से चलना शुरू कर देती है। किसी मन्त्र की एक पंक्ति वह लगातार दुहराये जा रही है। औरत थोड़ी दूर जाकर फिर ठहर जाती है। इसकी ओर उसका मुँह है। अन्धी आँखों से इसे देख रही है। बग़ल में दबी सूखी लकड़ियाँ टटोलकर देखती है–अभी कम है। शव के लिए थोड़ी पड़ेंगी। फिर दायरे में लगातार घूमना शुरू कर देती है। थोड़ी–थोड़ी देर बाद नीचे झुककर पेड़ की सूखी टहनी उठाती है और बग़ल में दबा लेती है।

बिना किसी तर्क के, बहस के, बातचीत के, कार्य–कारण के उसे दूसरे सत्य का पता चल जाता है। औरत उसकी चिता के लिए, उसका शव जलाने के लिए लकड़ियाँ चुन रही है।

वह पीछे मुड़ा। बैग उठाया। ईंटें फाँदकर सड़क पर आ गया। टुकड़ों–टुकड़ों में अन्दर बैठा भय आपस में जुड़ गया है। एक गोले की तरह उसके पेट में गोल–गोल घूम रहा है। वह और तेज़ चलना शुरू कर देता है। गोला और तेज़ चक्कर लगा रहा है। भय का गोला अब छाती पर आ गया है।

वह दौड़ना शुरू कर देता है। सन्नाटे में उसके दौड़ते पाँव फटते बारूद की तरह भयंकर आवाज़ें कर रहे हैं। मकानों के अन्दर क़ैद लोग सड़क पर फटती आवाज़ें सुन रहे हैं। बिस्तर पर लेटे बच्चों ने ये आवाज़ें सुनीं और माँ की छाती में दुबक गये। मर्दों ने ये आवाज़ें सुनीं और उन्होंने अपने कानों को हाथों से दबा लिया। दरवाज़ों के पास खड़े लोगों ने उसके पाँव की आवाज़ें सुनीं, लेकिन बाहर नहीं झाँका।

आतंक का गोला उसके गले में अटक गया है। साँस लेना दूभर हो रहा है। वह मुँह खोलता है। शरीर की सारी शक्ति लगाकर गोले को अपने गले से बाहर धक्का देता है। बाहर निकलते ही यह गोला छोटे–छोटे शब्दों में फूटकर छिटक जाता है। वह चीख़कर पूछता है–"क्या कोई यहाँ है?"

बिस्तरों पर लेटे हुए, दरवाज़ों पर खड़े हुए, कानों को हथेलियों से दबाये हुए सब लोगों ने उसके प्रश्न को सुना, लेकिन किसी ने भी उत्तर नहीं दिया। खिड़की के काँच पर क्षणांश के लिए रोशनी लपकी। फिर बुझ गयी। छिपकली की जीभ की तरह बाहर आयी, अन्दर चली गयी।

उसके गले में से दूसरा गोला फूटा, "इज़ देयर एनी बाडी देयर?"

वायु ने उसके वाक्य को आसपास के कई घरों में पहुँचा दिया। सबने फिर उसकी आवाज़ सुनी, लेकिन दरवाज़ा किसी ने भी न खोला। उसके बोलने से वायुमण्डल में जो कम्पन उत्पन्न हुए थे, फिर से समतल हो गये।

खिड़की के पास सिगरेट की लाल बिन्दी जलती–बुझती है। फिर खट की आवाज़ होती है तो सिटकनी लगा ली गयी है। वह बिल्कुल खिड़की के नीचे खड़ा होकर चीख़ता है–

"क्या कोई है? दरवाज़ा खोलो।"

उसका बोला वाक्य हवा के परों पर बैठकर ऊपर उठता है। खिड़की के पास पहुँचकर दस्तक देता है। खिड़की जेल के द्वार की तरह थोड़ी–सी खुलती है। एक चेहरा नीचे मुँह करके कहता है–

"चले जाओ, कहीं और चले जाओ। तुम भी मार दिये जाओगे।"

भड़ाक की आवाज़ा के साथ खिड़की बन्द होती है। वह तेज़ मोड़ काटता है। स्टेशन की तरफ़ मुँह करके दौड़ना शुरू कर देता है। हवा पीछे–पीछे दौड़ रही है–'चले जाओ, कहीं और चले जाओ' बोलते हुए। पेड़ों पर बैठे परिन्दे छोटी–छोटी उड़ान भरते हैं, फिर अपनी जगहों पर वापस जा बैठते हैं। हवा चलने से चुटकी भर रोशनी कहीं–कहीं छिटकी है, अँधेरे की छिपकली फिर इसे निगल जाती है। स्टेशन सामने है। वह धीमा हो जाता है। बोलती हवा उसे यहाँ तक खदेड़ने के बाद चुप होकर लौट जाती है।

वह स्टेशन के अन्दर गया है। प्लेटफ़ार्म पहले की तरह बिल्कुल सूना है। वह लगातार गर्दन घुमाकर बार–बार इधर–उधर देख रहा है, लम्बी दौड़ लगाने से पहले किसी डरे हुए पशु की तरह। उसने स्टेशन की घड़ी को देखा–एक बजा था। यह कैसे हो सकता है? वह जब यहाँ पर गाड़ी से उतरा था, उस वक़्त भी एक बजा था। वह अपने बड़े कोट की बाँह पीछे करता है। हाथघड़ी देखता है। वहाँ भी एक ही बजा है। कितनी देर से समय का बहाव थम गया है? यहाँ समय भी आगे नहीं चलता, बन्दी हो गया है। उसकी टाँगें अब भी काँप रही हैं। किसका भय है? कौन–सा भय है? वह क्यों डरे? किसने जोंक की तरह चिपककर उसके शरीर से ख़ून खींच लिया है, पी लिया है? अब वह टाँगें ज़मीन पर पटक रहा है, बाँहें ज़ोर–ज़ोर से हिला रहा है लेकिन जोंक तो अन्दर बैठी है। इस तरह से बाहर क्योंकर आयेगी? वह वापस जाकर क्या जवाब देगा? यहाँ से भाग क्यों निकला? लेकिन वह तो आया था। उसने तो अपना वादा पूरा किया था।

दूर से रोशनी का एक गोला इस ओर आता दिखायी दे रहा है। गाड़ी आ रही है। वह इसी गाड़ी से लौट जायेगा, लेकिन प्लेटफ़ार्म के पास दोहरी लाइन है। गाड़ी किस लाइन पर आयेगी? इतनी रात

गये कोई डिब्बे का दरवाज़ा न खोले तो? सही लाइन का पता होना ज़रूरी है।

तभी छोटा–सा लैम्प लिये एक आदमी उसकी तरफ़ बढ़ता चला आता है। सर्दी से बचने के लिए सिर–मुँह कम्बल से लपेट रखा है। उसकी आँखें तक दिखायी नहीं दे रहीं। उसके यह पूछने पर कि गाड़ी किस लाइन पर आयेगी, वह मुँह–सिर लिपटा आदमी दूसरी पटरी की तरफ़ इशारा कर देता है।

दूसरी तरफ़ तो प्लेटफ़ार्म नहीं? तो क्या हुआ? वह इस तरफ़ की पटरी के प्लेटफ़ार्म से नीचे उतरकर खड़ा हो जायेगा।

वह प्लेटफ़ार्म से नीचे उतर आया है। दोनों पटरियों के बीच जगह कम है। इसलिए वह इस तरफ़ वाली पटरी के बीचोबीच खड़ा है। रोशनी का गोला आगे बढ़ रहा है। दीवारों पर लगे पोस्टर पर यह रोशनी लगातार कूद रही है। पोस्टरों में बैठे शेर–शेरनियाँ उसकी तरफ़ देखकर मुस्करा रहे हैं। कागज़ों में से सरककर धीरे–धीरे बाहर आ रहे हैं।

रोशनी का गोला दूसरी पटरी पर बढ़ रहा है। वह इसी की ओर देखे जा रही है। अचानक गोला छलाँग लगाता है। प्लेटफ़ार्म के बाहर वाले सिरे पर पहुँचने से पहले गाड़ी ने पटरी बदल ली है। रोशनी का गोला उसकी ओर लपका आ रहा है। भागे। उधर छलाँग लगाये। रोशनी ने उसको क़ैद कर लिया है। उसने दोनों हाथ ऊपर उठा लिये हैं। रोशनी का गोला उसके ऊपर फटा कि फटा। गोले से टकराने के पूर्व उसने क्षणांश के लिए प्लेटफ़ार्म पर देखा। शेर–शेरनियाँ पोस्टरों से बाहर निकल आये हैं। मुसकराहटें और लम्बी हो गयी हैं। चिता के लिए सूखी लकड़ियाँ बीनती अन्धी बूढ़ी औरत प्लेटफ़ार्म पर खड़ी उसकी ओर देख रही है...गोला उसके ऊपर फटता है। उसके गिरने की किसी तरह की आवाज़ नहीं होती। बड़ी आवाज़ छोटी आवाज़ को खा गयी है।

गाड़ी आगे बढ़ गयी है। इस स्टेशन पर ठहरनी नहीं थी। शेर–शेरनियाँ पोस्टरों में लौट गये हैं। स्टेशन पर लगी घड़ी चलनी शुरू हो गयी है, लेकिन उसकी हाथ–घड़ी नहीं चली। शरीर के टुकड़े होने के साथ–साथ घड़ी के भी टुकड़े–टुकड़े हो गये थे।

जयहिन्द

बस शहर के अन्दर प्रवेश कर चुकी है। वह खिड़की से बाहर सिर निकाले हुए इस शहर की चमचमाती सड़कों, किनारों पर लम्बे सायेदार पेड़ों, उन पर दहकते लाल सुर्ख़ फूलों और क़तारों में बने एक–जैसे मकानों को हैरानी–भरी आँखों से लगातार देखे जा रही है। इस शहर के बारे में उसने बहुत कुछ सुन रखा था। हिन्दी के अख़बार में यह समाचार भी पढ़ा था कि दुनिया के सबसे ख़ूबसूरत शहर का इसे इनाम भी मिल चुका है!

उसका बाप इस शहर में पिछले दस साल से काम कर रहा है। वह अपनी माँ के साथ गाँव में ही जन्मी–पली है। बाप ने ही इस शहर में उसके लिए लड़का तलाश किया, शादी हुई और आज दुल्हन बनकर वह यहाँ पहुँच रही है। गाँव की सहेलियों ने उसकी क़िस्मत पर रश्क किया था। पक्के मकानोंवाले, पक्की सड़कोंवाले शहर में रहेगी–न गन्दा पानी, न कीचड़, न कीड़े और न बू। इसे कहते हैं क़िस्मत।

उसका पति उसे धीमी आवाज़ में बता रहा है कि यह शहर दो राज्यों की राजधानी है। दिल्ली की बड़ी सरकार इस शहर की अफ़सर है। पिछले पन्द्रह बरसों में उसने इस शहर की बहुत सारी इमारतों को बनाया है। फिर वह गर्दन अकड़ाकर उसे सूचना देता है कि वह छोटा–मोटा मज़दूर नहीं, हेड–मिस्त्री है। बड़ा मिस्त्री! सरकार के अफ़सर और ठेकेदार उसके हाथों के जादू की तारीफ़ करते हैं। जहाँ ईंट रख दे, वहाँ से एक सूत भी इधर–उधर करने की ज़रूरत नहीं होती!

वह गाँव के स्कूल में पढ़ी है। उसे हेडमास्टर शब्द का अर्थ पता है। पति भी हेड है। फिर तो बहुत सारे लोग उससे डरते होंगे, भाग–भागकर उसका काम करते होंगे। वह तो बस कुर्सी पर बैठा रहता होगा, टाँग–पर–टाँग रखकर।

हाय, कितना अच्छा शहर है। बस शहर के अन्दर दाख़िल हुई थी तो सड़कों के किनारे पर लगे बहुत बड़े बोर्ड पर लिखे इस वाक्य को कि–'शहर आपका स्वागत करता है!' पढ़कर वह हैरान और ख़ुश हुई थी।

शादी के लिए उसका पति और सास सिर्फ़ दोनों गाँव आये थे। पूरी बस करके बारात लाने की औक़ात उनमें न थी। अब बस धीमी होनी शुरू हो गयी है। साथवाली सीट पर बैठी सास उसका कन्धा छूकर कहती है–

"काकी, घुण्ड कर ले! घर आ गया!"

वह सिर पर से दुपट्टा आगे सरकाकर घूँघट निकाल लेती है।

वह सड़क के किनारे पर खड़ी है। पति दहेज में मिला ट्रंक उठाकर नीचे उतरता है, सास हाथ पकड़कर उसे नीचे उतारती है।

सड़क के किनारे एक पूरी–की–पूरी बस्ती बसी हुई है। दरवाज़े इतने छोटे कि अन्दर झुककर ही जाया जा सकता है। मिट्टी–गारे की बनी दीवारें, काली–स्याह टीन की छतें। जगह–जगह गँदले पानी के छोटे–छोटे गढ़े रेढ़ियों पर सब्ज़ियाँ और दूसरा खाने–पीने का सामान रखे हुए चीख़ते हुए दुकानदार। कहीं कोई सायेदार पेड़ नहीं, सुर्ख़ दहकते फूल नहीं। उसके गाँव से भी ज़्यादा गन्दी और गलीज़ जगह। वह सकते में आ गयी है। अचानक वह ख़ूबसूरत शहर कहाँ ग़ायब हो गया? वह शहर, जिसके बारे में उसने इतना कुछ सुना है, अपनी चौथी की किताब में पढ़ा है!

अब वह अपने पति और सास के पीछे–पीछे चलती हुई झोंपड़ियों की तीन क़तारें पार कर चुकी है। वे लोग एक झोंपड़ी के आगे ठहर गये हैं। दरवाज़े की जगह पर पुराने तम्बू का बड़ा–सा टुकड़ा लटक रहा है। झोंपड़ के आगे बहुत–से लोगों की भीड़ लगी हुई है, उसका स्वागत करने के लिए। पति एक बूढ़े की ओर इशारा करता है। वह समझ जाती है कि उसका ससुर है। झुककर पाँव छूती है। सास उसे वहीं खड़ा रहने को कहकर झोंपड़ी के अन्दर चली गयी है। बाहर निकलती है तो हाथ में सरसों के तोल की शीशी है। उसे तम्बू के टुकड़े पर तेल गिराने के लिए कहती हैं। नयी दुल्हन का घर में प्रवेश होने से पहले दरवाज़े पर तेल गिराने का रिवाज़ है!

घर के अन्दर पाँव रखते ही पहला ख़याल उसके दिल में आता है कि वह एक अँधेरी गुफ़ा के अन्दर आ गयी है–न कोई खिड़की, न कोई

रोशनदान। किसी तेज़ गैस की तरह नीचे से, ऊपर से, दीवारों से और तम्बू के दरवाज़े से अन्दर आती हुई और फैलती हुई उमस, घुटन और बू। एकदम उसकी आँखों में अपने गाँव के आँगन में हाथ–पंखे की तरह धीरे–धीरे हिलते हुए नीम के पेड़ का दृश्य उग आया। फिर इस घर की गर्मी और अँधेरा उस पेड़ को खा गये।

वह चारपाई पर बैठ गयी है। पति पास ही पड़े टीन के ट्रंक पर बैठा है। आस–पड़ोस की औरतें अन्दर आ रही हैं। मुँह–दिखाई के पैसे उसकी झोली में डालकर बाहर निकल जाती हैं। एक बूढ़ी औरत झोली में पैसे डालने के बाद उसके पति से कहती है–''क्यों जयहिन्द, घरवाली आ गयी। मोया, अब मस्तियाँ मारना बन्द कर दे।'

औरत के जाने के बाद वह पति की ओर हैरानी–भरी आँखों से देखकर पूछती है–यह कैसा नाम है–जयहिन्द?''

पति का चेहरा कठोर पड़ जाता है। उसे एक–एक करके वे सारे मौक़े याद आ जाते हैं, जब इस नाम के कारण उसे अपमानित होना पड़ा। जिसने पहली बार यह नाम सुना, उसका मज़ाक़ उड़ाया। जिस दिन देश आज़ाद हुआ, उस दिन उसके पिता ने नशा किया था। अपने नेता का भाषण सुना था। बाप नशे में नाच–नाचकर सबको बता रहा था कि अब भूख के दिन, दुःख के दिन ख़त्म। अपना देश, अपना राज। बड़े नेता ने भाषण ख़त्म करने से पहले ज़ोर से एक शब्द कहा था–जयहिन्द! रेडियो पर भाषण सुन रहे उसके बाप और दूसरे लोगों ने ज़ोर के साथ कहा था–जयहिन्द! उसी रात वह पैदा हुआ। बाप ने उसका नाम 'जयहिन्द' रख दिया।

वह भी चार जमातें पढ़ा है। हाज़िरी बोलते वक़्त उसका नाम आता था तो सारे लड़के मिलकर कहते थे–जयहिन्द! झुग्गियोंवाली गली में वह लड़कियों के साथ खेलता था तो साथी उसे जयहिन्द कहकर तंग करते थे। पढ़ाई छोड़नी पड़ी। ईंट उठाकर मिस्त्री को देता था, ज़रा–सी देर लगती थी तो मिस्त्री कहता था–''ओये माँ दे जयहिन्द, ईंटें जल्दी पकड़ा!''

वह जब बड़ा हो गया, मज़दूर जीवन के सत्य का जब उसे पता चलना शुरू हो गया तब उसकी समझ में आया कि इस शब्द का अर्थ बदल गया है। जो लोग स्टेज से इसे बार–बार बोलते हैं, उन्होंने ही इसे गाली में बदल दिया है!

एक बढ़ी हुई दाढ़ीवाला जवान लड़का रात को मज़दूरों की क्लासें लिया करता था। उन्हें पढ़ना–लिखना सिखाता था। बताता था कि सरकार बदलने से हक़ नहीं मिल जाया करते। एक मालिक गया, दूसर आया। फ़र्क़ कहाँ से पड़ेगा! उस दाढ़ीवाले लड़के से उसने पूछा था कि लोग उसके इस नाम 'जयहिन्द' का मख़ौल क्यों उड़ाते हैं? दाढ़ीवाले ने बताया था कि ग़लत लोग जिस किसी चीज़ को इस्तेमाल करें, उसका अर्थ बदल जाता है। आज़ादी से पहले ग़रीब, भूखे–नंगे लोग यह शब्द सुनते थे तो उनका लहू ठाठें मारने लगता था। थोड़ा–सा अर्सा गुज़रा है। अब किसी को यह शब्द बोलते सुनकर उन्हें इसका अर्थ शोषण समझ में आता है। बिल्कुल इसी तरह 'जयहिन्द' का अर्थ भी बदल गया है। शब्द अपने अर्थ को खो चुका है। दाढ़ीवाले ने बताया था कि जब हम काम करने वालों का राज आयेगा, तब कोई भी इस नाम को गाली नहीं समझेगा।

बीवी अब भी उसकी ओर जवाब के इन्तज़ार में देख रही है। गर्मी की वजह से उसने सिर पर से चुन्नी उतारकर कन्धों पर गिरा ली है। उसका साँवला चेहरा दहक रहा है। झोंपड़ी में एक नशीली गन्ध फैल रही है। वह उसका हाथ पकड़कर धीरे–से दबा देता है। उसे बताता है कि बाप ने यह नाम क्यों रखा।

बाहर भाग–दौड़ की आवाज़ें आती हैं। बारिश की तेज़ बौछार पड़ रही है। उसकी सास और ससुर भागकर झुग्गी के अन्दर आ जाते हैं। वह फिर से चेहरा चुन्नी से ढाँप लेती है। थोड़ी देर के बाद बारिश बन्द हो गयी। ऊँची सड़क से बहकर सारा–का–सारा पानी नीचे झोंपड़ियों में आ गया है। बारिश शुरू हुई थी तो वह ख़ुश हो गयी थी–गर्मी कुछ तो कम होगी! लेकिन हुआ इसका उल्टा। यहाँ की मिट्टी से न तो वह अजीब–सी प्यारी–सी ख़ुशबू बाहर निकल रही है और न ही हवा में ठण्डक आयी है। सड़क से, बाहर के कीचड़ से सारी–की–सारी बदबू झोंपड़ी में घुस आयी है और धड़धड़ाती हुई गोल चक्कर काटे जा रही है।

कच्ची दीवारों पर निगाह पड़ती है। वह सिहर जाती है। छोटे–छोटे सूराख़ों से पतली टाँगों वाले काले–स्याह कीड़े–मकौड़े बाहर निकल आये हैं। क़तार–की–क़तार मुँह उठाये नीचे से ऊपर की ओर जा रहे हैं।

तभी झोंपड़ी के बाहर से कोई आदमी नाम लेकर उसके पति को बुलाता है। पति उठकर बाहर जाता है। उस आदमी का हाथ पकड़कर अन्दर लाता है, ट्रंक पर अपनी जगह बिठाता है। दाढ़ीवाला मुस्करा कर कहता है, "अरे, इनसे कहो मुँह से कपड़ा हटा लें। बेचारी गाँव की खुली हवा से आयी हैं। यहाँ साँस बन्द हो रही होगी।"

पति इशारा करता है। वह चुन्नी हटा देती है। पति बताता है कि यही रात को मज़दूरों को पढ़ाने आते हैं। हम अनपढ़ लोगों की तरफ़ से सारी लिखा–पढ़ी करते हैं। दाढ़ीवाला अख़बार में लिपटी सूती साड़ी निकालकर उसे देता है, फिर कहता है–"आपको पता नहीं जयहिन्द कितना अच्छा मिस्त्री है? सब लोग इसके इशारे पर चलते हैं। अब तो यह बड़ी–बड़ी किताबें पढ़ लेता है।"

वह ख़ुश हो जाती है। पति उस आदमी से पूछता है–"क्यों साथी, बस्ती का क्या फ़ैसला हुआ?"

अब वह सतर्क होकर बैठ गयी है। यह बस्ती का कौन सा झगड़ा और फ़ैसला है। दाढ़ीवाला मुँह नीचे करके बताता है–"भाई, जगह तो कल शाम तक ख़ाली करनी होगी।"

"क्यों?"

"जो सड़क शहर के अन्दर आती है, उसके सिर पर तुम लोगों की यह बस्ती है। बाहर के लोग आते हैं, तो क्या सोचेंगे? इसी शहर को दुनिया के ख़ूबसूरत शहर का इनाम मिला है!"

"लेकिन आप लोग बड़े कमिश्नर से मिलने गये थे, उसने क्या कहा?"

"भाई, चीफ़ कमिश्नर यहाँ फूलों का बाग़ लगाना चाहता है। तुम्हें पता नहीं, उसे सुन्दरता और कला से कितना प्यार है! उसकी किताबें सारी दुनिया में मशहूर हैं। वह चाहता है कि बाहर के लोग इस शहर में जब प्रवेश करें तो इस गन्दी बस्ती की जगह फूल, घास, पेड़–पौधे और सुन्दरता देखे।"

"और साथी क्या कहते हैं?"

"कहना क्या है? ग़ुस्से की बातें करते हैं। पुलिस से दंगा करना चाहते हैं। तुम उन लोगों को समझाओ कि चुपचाप कल सामान समेटकर यह जगह छोड़ दें। अभी लड़ाई का वक़्त नहीं आया। पिछली

बार ज़िद की थी तो क्या हुआ था? लाठी चली, सिर फूटे। लोगों को अपने सामान से हाथ धोना पड़ा। पुलिस तुम लोगों का सामान गाड़ियों में भरकर ले गयी थी।''

अब वह पहली बार दाढ़ीवाले से पूछती है, ''हम जायेंगे कहाँ?''

वह मुस्करा देता है–''डरिए मत! यह पहली बार नहीं हो रहा। बस्ती तीसरी बार उजाड़ी जा रही है। कल किसी नयी जगह बस जायेगी।''

वह चला जाता है। अब इस ख़ूबसूरत शहर से उसे डर लगने लगा है। बाहर जो लिख रखा है कि शहर आपका स्वागत करता है, वह सब झूठ है। पति आज पहली बार बेबस हुआ है। उसे किसी प्रकार का हौसला नहीं दे पा रहा।

रात घिर आयी। झुग्गी के बाहर ईंटों से बने चूल्हे पर सास रोटी बना रही है। गीली ज़मीन, गीली लकड़ियाँ और कसैला धुआँ, यह सब देखकर उसकी भूख मर चुकी है। अब काले लम्बे चींटे सिर्फ़ दीवारों पर ही नहीं चल रहे बल्कि नीचे ज़मीन पर भी फैल गये हैं। अन्दर आने वालों के पैरों तले आकर कुछ चींटे कुचले जा चुके हैं। वह देख चुकी है कि घर में दो चारपाइयाँ हैं। झोंपड़ी के बाहर बिछी हुई हैं। वहाँ सास–ससुर सोयेंगे। उसे नीचे ज़मीन पर पति के साथ सोना पड़ेगा। उसे चींटों और कीड़ों से बहुत दहशत है। पति से कहती है, 'मैं ज़मीन पर नहीं लेटूँगी।''

''क्यों?''

''मुझे चींटों से डर लगता है। बाहर चारपाई पर लेटेंगे।''

पति पहले सोचता है कि ना कर दे, लेकिन नहीं! नयी–नयी आयी है। कुछ दिन रहेगी तो यह सारे डर ख़त्म हो जायेंगे। वह 'हाँ' में सिर हिला देता है।

सास ने खाना सामने रख दिया है। घर में उसके पहली बार आने की ख़ुशी में हलवा बना है। वे लोग नीचे बैठकर ही खाना खा रहे हैं। पति थोड़ी–थोड़ी देर के बाद हाथ मारकर चींटों को परे कर देता है। वह अपने तहमद से हाथ पोंछकर फिर से खाना शुरू कर देता है। वह अपनी माँ–से हौले–से अन्दर सोने के लिए कहता है। सास हैरान होकर बहू को देखती है, फिर 'हाँ' कर देती है।

अब वे दोनों पास–पास बिछी चारपाइयों पर लेटे हैं। आसपास की झुग्गियों के लोग खाने–पीने से फारिग होकर लेटने की तैयारी कर रहे हैं।

पति बीड़ी–पर–बीड़ी सुलगाकर लोगों के सो जाने की प्रतीक्षा कर रहा है। कभी–कभी हाथ बढ़ाकर उसकी बाँहें या गाल को सहला देता है। ठण्डी हवा चल पड़ी है। अब वह बू, गर्मी, उमस और गन्दगी के बारे में कुछ नहीं सोच रही, कुछ नहीं महसूस कर रही। पति का छू लेना भर उसे अच्छा लग रहा है।

चारों ओर ख़ामोशी छा गयी है। झुग्गी के दायीं ओर ज़मीन का एक ख़ाली टुकड़ा है। काले रंग की बहुत सारी कारें वहाँ खड़ी हैं। वह पति से इनके बारे में पूछती है। पति समझाता है, "किराये की कारें हैं। थोड़े दिनों के बाद ठेकेदार पैसे देगा। तुझे घुमाऊँगा।"

अब पति हौले–से सरककर उसकी चारपाई पर आ गया है। वह पहली बार पति के खुरदरे हाथों को अपने हाथों से पकड़कर सहलाती है। पति एक हाथ छुड़ाकर उसके गालों पर फेरता है। तभी एक टैक्सी मोड़ काटकर ख़ाली जगह की ओर मुड़ती है। पूरी–की–पूरी रौशनी इनकी चारहाई पर पड़ती है। वह उछलकर अपनी चारपाई पर आ जाता है। ड्राइवर ने इन्हें साथ–साथ लेटे देख लिया है। वह ज़ोर–से हॉर्न बजाता है। टैक्सी ख़ाली जगह पर जाकर ठहर जाती है। शायद उसने बाक़ी टैक्सीवालों को कुछ बताया है। उनके हँसने की आवाज़ यहाँ तक पहुँचती है।

अब वे दोनों बिना हिले–डुले अपनी चारपाइयों पर पड़े हैं। पति फिर से हाथ बढ़ाकर उसकी छाती पर रख देता है। अब उसके शरीर में तनाव आ गया है। वह पति के हाथ को ज़रा ज़ोर–से दबाती है। वह उसकी चारपाई पर आ जाता है।

टैक्सीवाले भी जानते हैं, आज शादी की पहली रात है। पति उसे बाँहों के घेरे में लेता है कि दो–तीन टैक्सियों की रोशनियाँ जल जाती हैं, लेकिन पति अब चारपाई से उठ नहीं रहा। वह उसे दोनों हाथों से धक्का दे रही है। हँसने की आवाज़ें फिर से सुनायी दे रही हैं। वह पूरे ज़ोर–से पति को परे धकेलती है।

"उठो, अपनी चारपाई पर जाओ।"

"क्यों? पागल तो नहीं हो गयी!"

"मैं कहती हूँ, उठ जाओ यहाँ से!"

वह देखता है कि पत्नी का साँवला चेहरा ग़ुस्से और नफ़रत से कितना अजीब और कठोर हो गया है। उसे थोड़ा–सा डर लगता है। दिमाग़ वहाँ से उठने के लिए कहता है, लेकिन शरीर साथ नहीं देता। वह फिर से उसे बाँहों में घेरना चाहता है। दो–तीन रोशनियाँ फिर जल उठती हैं।

इस बार वह उसे पूरे ज़ोर–से धक्का देती है। वह आधा चारपाई के नीचे लुढ़क जाता है। तेज़ कहकहों की आवाज़ उभरती है। उसका हाथ उठता है और पूरे ज़ोर से घरवाली के मुँह पर पड़ता है। थप्पड़ की आवाज़ ख़ामोश रात में गूँजती है।

वह चारपाई से उठकर सड़क पर उगी झाड़ी के पीछे चला जाता है। थोड़ी देर बाद लौट आता है। निढाल–सा चारपाई पर लेट जाता है। घरवाली उसकी ओर पीठ करके लेटी हुई है। उसने दोनों हाथों से अपना चेहरा ढाँप रखा है। उसका जिस्म बिना हिले–डुले कसा–कसाया चारपाई पर पड़ा है।

हवा चलनी बन्द हो गयी है। गन्दी ज़मीन से निकल रही गन्दी बू, उमस, गरम हवा फिर से चारों ओर फैल गयी है।

एक बार फिर

इस बार जवाहर का जन्म एक स्कूल मास्टर के घर हुआ। उस दिन स्कूल बन्द था। सारा बाज़ार, सारी–की–सारी दुकानें बन्द थीं, क्योंकि उसी दिन देश के सर्वप्रिय नेता की मृत्यु हुई थी। बच्चे का जन्म हुआ, पिता ने उसकी पतली, तीखी–सी नाक देखी, लम्बा कमज़ोर गोरा–चिट्टा चेहरा देखा और उसका नाम 'जवाहर' रख दिया। लेकिन वह ऐसे मनहूस दिन पैदा हुआ जबकि सारे देश में मातम छाया हुआ था और घर में मुर्दनी। माँ की साँसें जैसे एक कच्चे धागे से बँधी हुई थीं। उसकी काया वैसे ही क्षीण और दुर्बल थी, फिर बच्चे का जन्म भी बड़ा कष्टदायक रहा था। गाँव के हेल्थ–सेंटर के डॉक्टर ने मास्टर जी को ख़ूब ज़ोर से कोसा था, डाँटा था। कितने टॉनिक लिखकर दिये थे? कितनी ताक़त वाली गोलियों के नाम बताये थे, लेकिन लापरवाही की हद है। ''बच्चे की माँ मर जायेगी तो सारा क्राइम आपके सिर होगा।'' मास्टरजी ने कोई जवाब नहीं दिया। बीड़ी पीते रहे। सिर झुकाये रहे। वह डॉक्टर को क्या बताते कि ग़रीबी आदमी को क्रिमिनल बना देती है, लापरवाह बना देती है। वह जल्लाद हो जाता है जो एक झटके–से नहीं मारता, इंच–इंच मरता किसी को देखता है। बिल्कुल असम्पृक्त, असम्बद्ध, असहाय और विरक्त होकर।

माँ बहुत कमज़ोर है। उसकी छातियों में दूध नहीं के बराबर उतरता है। बच्चे को बहुत सारा दूध चाहिए। पिता ने दिल–ही–दिल में अपने वेतन के पैसों का और घर के ख़र्चे का हिसाब लगाया। गुणा–और–भाग करने के बाद जो शेष बचा, वह केवल एक पाव दूध था। और डॉक्टर कहता है–बच्चे को कम–से–कम दो सेर दूध चाहिए। वह सोचते रहे। हाथ में पकड़ी जली हुई बीड़ी ने उँगली जला डाली। उन्होंने उसी दिन

से बीड़ी पीना बन्द कर दिया। बच्चे के दूध का प्रबन्ध हो गया। अब वह बीड़ी के बदले दोपहर को एक तम्बाकू वाला पान खा लेते हैं।

माँ बड़े होते हुए लड़के को देखती है तो घबरा जाती है। क्या इसे भूख नहीं लगती? यह रोता क्यों नहीं? घर में एक ही कमरा है। उसी में चारपाइयाँ हैं, बर्तन हैं, दो पुरानी कुर्सियाँ हैं, दीवारों के साथ लटके हुए घर के लोगों के कपड़े हैं और पिता की कुछ किताबें हैं। लड़का बड़ी वीरान आँखों से निर्धन घर की निर्धन चीज़ों को देखता रहता है। माँ ने कई बार देखा है कि लड़का प्रायः अपनी पतली, तीखी–सी नाक को सिकोड़ लेता है। तो क्या लड़के को ग़रीबी से इतनी नफ़रत है? माँ को पति पर गुस्सा आता है–इसका नाम 'जवाहर' क्यों रख दिया? वह चाहे थोड़ा पढ़ी–लिखी है। केवल हिन्दी पढ़–लिख लेती है, लेकिन उसने यह पढ़ रखा है कि जवाहर तो एक बहुत अमीर घर में जन्मा था, सारी सुख–सुविधाओं से सम्पन्न घर। हाँ, लड़का जब पिता की किताबों वाली अलमारी की ओर देखता है तो ज़ोर–ज़ोर से हाथ–पाँव मारता है, उसका चेहरा ख़ुश दिखायी देता है, उसकी नाक सिकुड़नी बन्द हो जाती है। एक दिन माँ ने पति को बताया कि लड़का कभी भी बिल्कुल रोता नहीं। डॉक्टर को दिखाओ। पति ने उसे समझाया कि चिन्ता की कोई बात नहीं। तुम्हें पता कि नहीं जवाहर ने कितनी तकलीफ़ें उठायी थीं, कितनी बार जेल गये थे, कितने दुःख पाये थे, उठाये थे। उन्होंने कभी दिल छोटा किया? कभी हार मानी? फिर हमारा जवाहर भी तो उन्हीं पर जायेगा। भूख लगने पर क्योंकर रोयेगा?

घर में आठ साल आयु की बड़ी बहन भी है। जब वह बैठकर स्कूल का काम कर रही होती है, तो जवाहर को माँ उसके पास लिटा देती है। उसके लिखते हुए हाथ के साथ बच्चे की बड़ी–बड़ी आँखें भी घूमती रहती हैं। वह बहन के हाथ में पकड़े होल्डर को देखता है, काग़ज़ पर मूर्त होते, जन्म लेते अक्षरों को देखता है और मुस्कराता रहता है। बहन अपना काम ख़त्म करके होल्डर उसके हाथ में पकड़ा देती है। जवाहर उसी क्षण करवट बदलकर उल्टा हो जाता है और घर के कच्चे फ़र्श पर टेढ़ी–मेढ़ी लकीरें खींचता है, फिर बहन की ओर देखता हे, फिर मुस्कराता है, फिर लकीरें खींचता है।

जवाहर अब थोड़ा बड़ा हो गया है। वह छोटे–छोटे शब्द बिल्कुल ठीक से बोल लेता है। बहन ने उसे लिखना भी सिखा दिया है। वह छोटा क़ायदा सामने रखकर अंग्रेज़ी और हिन्दी के सारे–के–सारे अक्षर लिख लेता है। माँ अब भी परेशान रहती है। यह दूसरे बच्चों की तरह खेलता क्यों नहीं? सारा दिन पेन्सिल से लिखता रहता है, ख़ुश होता रहता है। मास्टरजी फिर उसे समझाते हैं कि बच्चा स्कॉलर बनेगा। जानती नहीं, जवाहरलाल जी कितने बड़े विद्वान थे? आख़िर हमारे लड़के का नाम भी जवाहर है। यथा नाम तथा काम।

और उस दिन तो मास्टरजी भी डर गये थे, घबरा गये थे। वह घर में नया कैलेण्डर लाये जिस पर जवाहरलाल जी की तस्वीर छपी हुई थी। उन्होंने कैलेण्डर दीवार पर टाँगा। फिर लड़के का मुँह कॉपी से ऊपर उठाकर दीवार की ओर किया। लड़के के हाथ से होल्डर गिर गया। वह लगातार कैलेण्डर पर बने हुए फ़ोटो को देखे जा रहा है। उसके शरीर का कोई भी भाग हिल नहीं रहा है। पलकें तक झपकनी बन्द हो गयी हैं। उसकी बड़ी–बड़ी आँखें शिथिल हो गयी हैं। मास्टरजी को लगा, जैसे लड़का वहाँ से कहीं चला गया है, अनुपस्थित हो गया है। फिर उसकी आँखों में एक थकान की भावना भर गयी है। बहुत लम्बी यात्रा से लौटकर आने की थकान। लड़के के दोनों हाथ दीवार पर लगे कैलेण्डर की ओर उठ गये हैं। और उसने बड़ी धीमी, सुरंग में से निकलती आवाज़ में कहा–

"मैं!"

मास्टरजी डर गये हैं। बच्चा तस्वीर को देखकर 'मैं' क्यों कह रहा है? माँ भी रसोई से उठकर अन्दर आ गयी है। अब बच्चा गुस्से–भरी आवाज़ में तस्वीर की ओर हाथ उठाकर 'मैं, मैं' कह रहा है। माँ ने पति से कहा कि बच्चा कैलेण्डर माँग रहा है, उतारकर उसे दे दो। मास्टरजी ने कहा कि नहीं, लड़का नया कैलेण्डर फाड़ डालेगा। बच्चा अब और तेज़ आवाज़ में 'मैं, मैं' कह रहा है। पिता ने जाने डर के मारे या खीझ में आकर या गुस्सा होकर लड़के के गाल पर थप्पड़ मार दिया।

लड़के का बोलना बन्द हो गया है। अब वह पिता की ओर बड़ी–बड़ी आँखें खोलकर लगातार देखे जा रहा है। उसकी लम्बी–सी, तीखी–सी नाक सिकुड़ गयी है। और अचानक लड़के ने पूरा मुँह खोलकर एक लम्बी चीख़ मारी। चीख़ उसकी आत्मा के सारे बन्धन

तोड़कर बाहर आयी है और तीखी तेज़ धार तलवार की तरह सारा वातावरण घायल कर गयी है, कमरे के दरवाज़े से निकलकर बाहर आँगन में फैल गयी है। माँ ने गुस्से में कहा, ''एक कैलेण्डर के पीछे लड़के को मार डालोगे क्या? मैं कहती हूँ, ख़बरदार जो आगे से इसे मारा तो! कुछ खिला–पिला तो सकते नहीं। बाज़ार से एक खिलौना तक खेलने के लिये इसे नसीब नहीं हुआ और ऊपर से चार आने के कैलेण्डर के लिये इसे मार रहे हो? हे भगवान, तुम कितने ज़ालिम हो!''

मास्टरजी ने पत्नी के इतने सारे वाक्य जीवन में पहली बार सुने हैं। उन्होंने कैलेण्डर उतारकर लड़के के आगे रख दिया है। वह ख़ुद नहीं जानते कि पत्नी के गुस्से के कारण अथवा बच्चे की चीख़ से डरकर उन्होंने कैलेण्डर उतारा है। बच्चे का चेहरा अब शान्त है, मुस्कराहट में धुला हुआ। कैलेण्डर पर छपे फ़ोटो पर वह बड़े प्यार से हाथ फेर रहा है। फिर वह पिता की ओर देखता है, फ़ोटो को देखता है और कहता है–

''मैं।''

''नहीं बेटी, यह तुम नहीं हो।' पिता समझाने की कोशिश करते हैं, ''यह जवाहरलाल हैं!''

बच्चा अपने नाम को अब तक पहचानने लग गया है। नाम सुनकर वह और ज़ोर से और बलपूर्वक कहता है, ''मैं जवाहर!'' वह अभी 'ह' नहीं बोल सकता। अपने आपको 'जवार' ही कह पाता है।

अब माँ ने उसे गोदी में उठा लिया है और चूमकर कह रही है, ''हाँ बेटा, तुम। तेरा ही फ़ोटो है।'' और बच्चा माँ के गले में हाथ डालकर उसकी गोद में छोटी–छोटी छलाँगें लगा रहा है; 'मैं, मैं' कर रहा है।

अब जबकि माँ रसोई में बैठी काम कर रही होती है, तो जवाहर पास बैठा बच्चों की पत्रिकायें देखता रहता है, पढ़ता रहता है। मास्टरजी अपने स्कूल से उसके लिए पुरानी सचित्र पत्रिकायें ले आते हैं। जवाहर किसी देश के राजकुमार की कहानी पढ़कर पत्रिका नीचे रख देता है। उसने उन बहुत सारे पकवानों के नाम पढ़ लिये हैं, जो प्रतिदिन कहानी वाला राजकुमार खाया करता था। घर में सुबह नौ बजे दाल बन जाती है। मास्टरजी खाना खाकर स्कूल जाते हैं। बच्चे भी उसी समय खा लेते हैं। फिर रात को भी उसी दाल से खाना खा लिया जाता है। जवाहर माँ की ओर लगातार देखे जा रहा है। माँ उसकी इस आदत से अच्छी

तरह वाक़िफ़ है। जब कुछ पूछना होता है तो इसी तरह चुपचाप देखने लग पड़ता है।

"क्या बात है, बेटा?"

"माँ, मक्खन क्या होता है? इसमें लिखा है, राजकुमार रोज़ मक्खन खाता है।"

माँ रोटी पकाना बन्द कर देती है। लड़का अब भी सवाल के जवाब की इन्तज़ार कर रहा है। माँ चुपचाप उसे देखे जा रही है। लड़का देखता है, माँ का पतला–दुबला चेहरा बड़ा कठोर लग रहा है। वह एक नया सवाल पूछता है–"माँ, तुम मुझे मक्खन क्यों नहीं देती?"

अब माँ की आँखों से आँसू निकलने शुरू हो गये हैं। बच्चा माँ के चेहरे को देखता है। बड़ी–सी बूँद आँखों से निकलती है, गालों पर धीरे–धीरे सरकती है और उसके बाद गले पर फिसल जाती है। एक के पीछे एक बूँद लगातार निकल रही है, सरक रही है, फिसल रही है। बच्चा फिर कहता है, "माँ, हम बहुत ग़रीब हैं।"

अब माँ की रुलाई होंठों की दीवारों को फाड़कर मुक्त हो गयी है। वह फूट–फूटकर रो रही है। जवाहर उठकर उसकी गोदी में चला गया है। माँ ने उसे वक्ष के साथ दबा लिया है। आँसू धीरे–धीरे थम जाते हैं, हिचकियाँ बन्द हो जाती हैं। वह और मास्टरजी प्रायः अपनी ग़रीबी की बातें करते रहते हैं। बच्चे ने यह 'ग़रीबी' जैसा भयानक और घृणित शब्द उनकी बातों से सुन लिया है, सीख लिया है। चार साल की आयु में उसे इस शब्द का अर्थ भी क्या समझ आ गया है?

आज मास्टरजी अपने साथ लड़के को स्कूल ले गये हैं। लड़का पहली बार स्कूल जा रहा है, इसलिये आज परिवार के सब लोगों को मुँह मीठा करने के लिए माँ ने एक–एक चुटकी चीनी दी है। जवाहर को मास्टरजी ने एक कमरे में बिठा दिया है। नीचे ज़मीन पर धूल सने, स्याही के धब्बों से भरे टाट बिछे हुए हैं, जिन पर बहुत सारे बच्चे बैठे हैं। मास्टर बड़े–से रजिस्टर से बच्चों से उनके नाम पूछकर लिख रहा है। अब जवाहर की बारी आयी है। मास्टर को उसके पिता का नाम तो पता है, लेकिन उसका नहीं। मास्टर उससे नाम पूछता है। वह कहता है–"पण्डित जवाहरलाल।"

सारे बच्चे खिलखिलाकर हँस पड़ते हैं। कुछ ऊँची आवाज़ में 'चाचा नेहरू' कहकर शोर मचाना शुरू कर देते हैं। मास्टर को गुस्सा आ गया है। इतना छोटा–सा लड़का और पहले दिन ही इतनी शरारतें? इसके पिता से आधी छुट्टी में शिकायत करेगा। फिर वह जवाहर का कान अपनी चुटकी में मसलकर कहता है–"बदमाशी करता है? चल, अपना ठीक नाम बता।"

उसकी छोटी–सी नाक सिकुड़ गयी है। मास्टर हैरान है कि इतना ज़ोर–से कान मसलने पर भी लड़का रोया–चीख़ा नहीं। वह फिर ऊँची आवाज़ में जवाब देता है, "पण्डित जवाहरलाल।"

इस बार कोई भी दूसरा बच्चा हँसा नहीं। सब हैरान हैं, बिल्कुल डरता नहीं। मास्टर इसे कुछ कहे कि इससे पहले ही चपरासी इसका दाख़िले का फॉर्म ले आया। मास्टर ने देखा कि सचमुच लड़के का नाम जवाहरलाल ही फॉर्म में भरा है। लड़के के पिता ब्राह्मण हैं। सब उन्हें पण्डितजी ही कहते हैं। शायद इसीलिये उसने भी अपने नाम के साथ पण्डित शब्द बोला है। वह बड़ा शर्मिन्दा महसूस कर रहा है। फ़िज़ूल में लड़के पर गुस्सा किया।

घर आकर लड़के ने बड़ी बहन से शिकायत की कि स्कूल में तो कुछ पढ़ाते ही नहीं आज सारे दिन में अ से लेकर औ तक ही लिखना–बोलना सिखाया है। उसे तो सारे अक्षर और कई शब्द भी आते हैं। बहन ने उसे अपनी हिन्दी की किताब में से कहानी पढ़ाई तब कहीं आकर वह खुश हुआ। स्कूल में उसकी योग्यता देखकर उसे दो महीने के बाद ही अगली क्लास में चढ़ा दिया गया है।

उसे ख़ूब मीठी वाली चाय पीना बहुत अच्छा लगता है। बिल्कुल मिठाई जैसी स्वाद लगती है। शाम को माँ ने पीतल के छोटे गिलास में उसे चाय दी। एक घूँट भरकर गिलास नीचे रख दिया। माँ की ओर देख रहा है। वह जानती है कोई सवाल करेगा। वह ज़िन्दगी में ग़रीबी से नहीं डरी, मुसीबतों से नहीं डरी, लेकिन इस लड़के के सवाल उसे दहला डालते हैं।

'माँ, चाय में चीनी कम है, और डाल दो।'

'बेटा, चीनी है नहीं सरकारी डिपो पर कल मिलेगी।'

'बाज़ार में भी तो मिलती है।'

'बेटा, वहाँ पर ब्लैक में मिलती है। बहुत महँगी है।'

'ब्लैक क्या? क्या बाज़ार में काली चीनी बिकती है?' उसे पता है ब्लैक का अर्थ काला होता है।

अब माँ ने असहाय आँखों से पति की ओर देखा। मास्टरजी ने उसे ब्लैक का अर्थ समझाने की पूरी कोशिश की। उसने फिर सवाल किया, 'क्या भारत में चीनी कम होती है?'

'नहीं, बेटा। हम बाहर के देशों में भेजते हैं। वहाँ से पैसा आता है।'

'जब हमें नहीं मिलती तो बाहर क्यों भेजते हैं?'

अब मास्टरजी ने पत्नी की ओर असहाय आँखों से देखा है। 'तुम ही इसे कुछ समझाओ' वाला भाव उनकी आँखों में था।...

माँ ने सवेरे–सवेरे जवाहर को जगा दिया है। सरकारी डिपो पर चीनी आ गयी है। उसकी तबीयत ख़राब है। जवाहर को राशन कार्ड और थैला देकर दुकान पर जाने के लिए कहा है। बाद में भीड़ लग जायेगी। अब सारे छोटे–छोटे काम जवाहर कर लेता है।

राशन की दुकान बन्द है। वह दरवाज़े के आगे बैठ गया है। धीरे–धीरे करके और लोग आकर लाइन में उसके पीछे खड़े होते जा रहे हैं। नौ बजे दुकान वाला आया। उसके साथ आठ–दस आदमी थे। उसने दरवाज़ा खोला। साथ के आदमी भी अन्दर दाख़िल हो गये। थोड़ी–थोड़ी देर बाद एक आदमी अन्दर से भरा हुआ थैला लेकर बाहर आता है और आगे बढ़ जाता है। भीड़ बेचैन हो रही है। जब सब आदमी बाहर आ गये तो डिपो वाले ने दुकान पर ताला लगाकर सूचना दी कि एक बोरी चीनी आयी थी, ख़त्म हो गयी है। अब अगले हफ़्ते आयेगी। जवाहर दो घण्टे से वहाँ बैठा है। उसने कहा, "मैं पहले आया था। मुझे चीनी दो।"

दुकानदार ने उसे घूरकर देखा। वह अपने आपको आधा सरकारी आदमी समझता है।

"सवेरे–सवेरे बहस मत कर। अगले हफ़्ते आना।"

"नहीं। मुझे चीनी दो। मैं पहले आया हूँ। जो बाद में आये, उन्हें क्यों दी?"

दुकानदार को गुस्सा आ गया है। वह जवाहर को धकेलकर परे करता है। लड़का गिर जाता है। उसके माथे पर छोटी–सी चोट उभर आयी है। तभी एक औरत बोलती हे–

''भाई, अपने पण्डितजी का लड़का जवाहरलाल। बेचारा सुबह से सर्दी में यहाँ बैठा है।''

''मुझे क्या? जवाहरलाल होगा तो अपने घर का। यहाँ कौन डरता है?'' और नफ़रत भरी आँखों से उसे देखता हुआ राशन वाला जेब में बन्द ताले की चाबी डालकर अपने घर की ओर बढ़ गया।

वह घर आया तो ख़ाली थैला ओर माथे की चोट का निशान देखकर माँ ने सारी बात पूछी। मास्टरजी चुपचाप बैठे रहे। जवाहरलाल ने बात ख़त्म कर ली तो वह बोले–

''हद है। सब तरफ़ भ्रष्टाचार फैला है।''

''भ्रष्टाचार क्या है?'' उसने पूछा। शब्द सदा से उसके लिए जादू के खेल की तरह हैं। नये–नये अर्थ, नये–नये रहस्य जब उसके आगे स्पष्ट होते हैं, खुलते हैं तो वह सदा चौंक जाता है, ख़ुश होता है। फिर मास्टरजी ने उसे 'भ्रष्टाचार' का अर्थ समझाने की पूरी कोशिश की। लेकिन जवाहर कोशिश करने पर भी ठीक से समझ नहीं पाया।...

आज चौथी क्लास का परिणाम निकलना है। जवाहर को नये कपड़े पहनाकर माँ ने स्कूल भेजा है। लड़का हमेशा की तरह पहले नम्बर पर आयेगा, इस बात का उसे पता है, लेकिन एक घण्टे के बाद वह स्कूल से लौट आया है। वह माँ के पास रसोई में चुपचाप बैठ गया है। माँ उसके बोलने की प्रतीक्षा में है।

''क्या बात है बेटा, जल्दी आ गये?''

''माँ, मैं दूसरे नम्बर पर आया हूँ।''

''क्या? किस चीज़ में नम्बर कम आये?''

''हिन्दी में।''

माँ जानती है, हिन्दी तो स्वयं जवाहर के पिता पढ़ाते हैं। फिर नम्बर कैसे कम आये? तभी मास्टरजी स्कूल से लौट आते हैं। वह पूछती है, ''मैं कहती हूँ, जवाहर के हिन्दी में नम्बर कम कैसे आये? अपनी बहन की बड़ी–बड़ी किताबें पढ़ लेता है। फिर मैंने ख़ुद इसका पेपर देखा है। कहीं कोई ग़लती नहीं।''

''तुम हर वक़्त बहस मत किया करो। हेडमास्टर के बेटे को मैंने फर्स्ट निकालना ही था, नहीं तो इस साल वह मेरी ट्रांसफर किसी दूर के गाँव में करा देता, फिर माँ–बेटा दोनों रोते रहते।''

और अचानक जवाहर को 'भ्रष्टाचार' शब्द का अर्थ समझ आ गया। शब्द का अर्थ खुलता जा रहा है, फैलता जा रहा है, फैलता जा रहा है और यह फैलाव कहीं ख़त्म होने पर आ ही नहीं रहा।

वह अब पाँचवीं क्लास में पढ़ रहा है। बहन आजकल उसे सारा दिन कुछ रटाती रहती है। जिले के सारे स्कूलों की भाषण–प्रतियोगिता जो होनी है। माँ बेटी से पूछती है–

''तू इसे सारा दिन क्या रटाती रहती है?''

''माँ, यह जवाहरलाल जी की 'अन्तिम इच्छा' वाला पाठ है। हमारी पुस्तक में लगा हुआ है। तुम देख लेना, जवाहर फ़र्स्ट प्राइज़ लेकर ही आयेगा।''

और सचमुच बहन की बात ठीक सिद्ध हुई। जवाहर ने खादी का कुर्ता–पाज़ामा और सफ़ेद टोपी पहनकर जब स्टेज़ पर से नेहरूजी की 'अन्तिम इच्छा' को बड़ी सधी हुई आवाज़ में पढ़ा तो ज़िले के शिक्षा अधिकारी ने स्वयं उसकी पीठ थपथपायी और अपने हाथों से चमकता हुआ कप प्रदान किया। घर आकर उसने माँ को यह 'इच्छा' सुनायी तो माँ की आँखों में पानी आ गया। अब जवाहर को नया खेल मिल गया है। वह प्रायः इस 'अन्तिम इच्छा' का कोई–न–कोई अंश बोलता रहता है।

आजकल सारे प्रान्त के स्कूलों में हड़ताल हो गयी है। अध्यापक महँगाई–भत्ता बढ़ाने के लिए प्रत्येक स्थान पर हड़ताल कर रहे हैं। जवाहर पिता से पूछता है–

''आपको पुलिस मारेगी तो नहीं?''

''नहीं, बेटा! हम कोई झगड़ा थोड़े कर रहे हैं? बिल्कुल शान्तिपूर्वक ढंग से हड़ताल करेंगे।''

''क्या अंग्रेज़ों ने भी कभी चाचा नेहरू को नहीं मारा था?''

''न बेटा, वे बड़े सभ्य लोग थे। जब चाहते, नेहरू–गाँधी को मरवा सकते थे। लेकिन उन्होंने ऐसा नहीं किया। क्योंकि नेहरू जी शान्ति से लड़ाई लड़े थे।''

उसी रात एक बजे ज़ोर–ज़ोर से दरवाज़ा बजा। मास्टरजी ने उठकर खोला। पुलिस के चार सिपाही थे। उन्हें पकड़ने आये हैं। मास्टरजी ने जब पूछा कि वारण्ट है तो एक ने उनकी गर्दन पकड़कर कहा–

"साले, दो पैसे का मास्टर और वारण्ट की बात करता है। तेरा बाप मजिस्ट्रेट है न, जो आधी रात को वारण्ट निकालेगा। चल बाहर। थाने जाकर तुझसे बात होगी।" सिपाही मास्टरजी को खींचकर बाहर ले गये। जवाहर दरवाज़े के साथ खड़ा फटी आँखों से यह सारा दृश्य देखता रहा। माँ एक कोने में खड़ी चुपचाप रो रही है। जवाहर हैरान है कि पिता जी ने झूठ क्यों बोला था कि शान्तिपूर्वक हड़ताल करने पर पुलिस पीटती नहीं, गालियाँ नहीं देती।

सुबह खाना देकर माँ ने उसे थाने भेजा। थानेदार ने बड़े प्यार से उसे अपने पास बिठाया। उसका नाम पूछा, पिता का नाम पूछा और ख़ुद अन्दर कमरे में ले गया। कमरे में स्कूल के बाक़ी दस मास्टर भी क़ैद थे। थानेदार ने उन लोगों को तकलीफ़ देने के लिए माफ़ी माँगी।

"देखिए, आपसे हमारी कोई दुश्मनी नहीं। आप सब पढ़े–लिखे हैं। हमें तो ऊपर से ऑर्डर मिले हैं कि हड़ताल को कुचल दिया जाये। शहर में जुलूस न निकलने दिया जाये। इसीलिये आधी रात को आप सबको पकड़ना पड़ा। क्या करें साहब? हमने भी तो नौकरी करनी है। आप लोग घर से खाना मँगवा लें। दस बजे कचहरी पहुँचना है। वहाँ शाम हो जायेगी।"

सब मास्टर थानेदार के स्वभाव की प्रशंसा कर रहे हैं। इन बेचारों का क्या क़सूर? उन्हें भी तो अपनी नौकरी क़ायम रखनी है। दस बजे सब अध्यापकों को थाने के बाहर लाया जाता है। स्कूल के कम–से–कम पाँच सौ लड़कों की भीड़ वहाँ जमा हो गयी है। सब मास्टरों को हथकड़ी दी गयी है। जवाहर के पिता ने नारा बुलन्द किया–

"इन्साफ़ का ख़ून!"

सैकड़ों गलों से आवाज़ आयी–

"मत करो।"

उन्होंने दूसरा नारा लगाया–

"गले–गले पर चाकू है।"

भीड़ ने जवाब दिया–

"मुख्यमन्त्री डाकू है।"

और जुलूस शहर के बाज़ार में से निकलकर कचहरी की ओर बढ़ना आरम्भ हो गया। जवाहर ने पान की दुकान देखी तो उसे याद

आया, पिता जी को पान खाने की आदत है। उसने भागकर वहाँ से पान लिया। पिता के हाथों में थमा दिया। पिता ने मुस्कराकर उसे देखा और पान मुँह में रख लिया।

मास्टरों को अन्दर लाया जा रहा है। जवाहर भी साथ ही कचहरी के कमरे के अन्दर चला जाता है। किसी सिपाही ने उसे रोकने की चेष्टा नहीं की। मजिस्ट्रेट कुर्सी पर आ बैठा है। अभी जवान है, महत्त्वाकांक्षी है। सुबह ही उसे 'ऊपर' से टेलीफ़ोन आया है कि मास्टरों से कड़ा सलूक़ किया जाये। उन्हें दो–चार दिन थाने की चौकी में सड़ने दिया जाये। आज ही सेंट्रल जेल नहीं भेजना है। वह जानता है, यह सब क़ानूनन ग़लत है, लेकिन अगले साल उसका डिप्टी कमिश्नर बनने का चांस है और यह पदवी केवल 'ऊपरवालों' की कृपादृष्टि से ही मिल सकती है।

वह सारे मास्टरों को घूर रहा है। फिर उसकी निगाह पान खाते हुए मास्टरजी के मुँह पर पड़ जाती है। वह कड़ी आवाज़ में कहता है–

"तुम्हें पान खाने की इजाज़त किसने दी? क़ानून तोड़ते हो, हड़तालें करते हो और ऊपर से पान चबाते हो?"

कोर्ट में बिल्कुल ख़ामोशी छा गयी। फिर मजिस्ट्रेट ने थानेदार से पूछा, "मैं कहता हूँ तुमने इस आदमी को पान क्यों खरीदने दिया?"

"जनाब, भीड़ में से किसी ने दिया होगा। मुझे बिल्कुल पता नहीं चला।"

तभी जवाहर मास्टरों की लाइन के आगे आ गया। वह ऊँची आवाज़ में बोला–

"मैंने पिता जी को पान लाकर दिया था। आप पिता जी को डाँटते क्यों हैं? वह चोर तो नहीं हैं?'

बीयर पी–पीकर मजिस्ट्रेट का फूला हुआ चेहरा और फूल गया है।

"तुम कौन हो? तुम्हारा नाम क्या है?"

"पण्डित जवाहरलाल।"

अब मजिस्ट्रेट की आँखें लाल हो गयी हैं।

"क्या? तुम कोर्ट में बदतमीज़ी करते हो! तुम्हें अन्दर किसने आने दिया?"

तभी थानेदार ने जवाब दिया–

'जनाब, इस लड़के का नाम जवाहरलाल ही है। पण्डित जी का बेटा है।'' उसने मास्टरजी की ओर संकेत करके बताया।

''तुम लोग क्या ख़ाक अपना काम करते हो? छोटे–छोटे लड़के कोर्ट में घुस आते हैं। मैं एस.पी. से तुम्हारी रिपोर्ट करूँगा। ठीक है, इन लोगों को चौकी ले जाओ। मुझे ज़रूरी दौरे पर जाना है। तीन दिन के बाद फिर ले आना।'' और मजिस्ट्रेट अपनी कुर्सी से उठ गया।

रात को रोटी देने के लिए जवाहर फिर थाने गया। वह आज बिल्कुल चुप है। पिता कहते हैं–

''क्या बात है, बेटा?''

''पिता जी, जवाहरलाल नाम इतना ख़राब क्यों है?''

''क्या?'' पिता और साथ बैठे मास्टर चौंक गये।

''मैं जब भी यह नाम बताता हूँ, लोगों को गुस्सा आ जाता है। स्कूल में यह नाम सुनकर पहले दिन मास्टरजी ने मारा था। फिर दुकानदार ने धक्का दिया। आज कचहरी में भी उस मोटे आदमी ने मुझे डाँटा।''

मास्टरजी पल भर सोचते रहे। फिर उसे बताया–

''बेटा, जवाहरलाल नाम ख़राब नहीं। बहुत शक्तिवाला नाम है। आजकल सब तरफ़ भ्रष्टाचार फैला है। जो भी यह नाम सुनता है, डर जाता है। फिर ये झूठे लोग गुस्से से नहीं, लेकिन डर से तुम्हें डाँटते हैं।''

तीन दिन के बाद फिर से मास्टरों को कचहरी ले जाया गया। शान्ति–भंग के आरोप में उन लोगों को कड़ी सज़ा दी गयी है। आज शाम को पुलिस की गाड़ी में उन्हें साथ वाले शहर की बड़ी सेंट्रल जेल में भेजा जायेगा।

जवाहर आज बहुत–से स्कूल के लड़कों से मिला। रात को सारे लड़के मशालें लेकर थाने के आगे जुलूस निकालेंगे। माँ डर गयी। उसने समझाया–

''बेटा, जुलूस मत निकालो। पुलिस तुम्हें पकड़ लेगी। मारेगी।''

''नहीं, माँ! पिता जी ने बताया था, प्रधानमन्त्री इन्दिरा गाँधी ने भी वानर सेना बनायी थी। उन्होंने अंग्रेज़ों के ख़िलाफ़ जुलूस निकाला था।''

माँ चुप हो गयी। चलो, जाने दो इसे जुलूस में। बच्चों का खेल ही तो है। शाम को स्कूल के सारे लड़के थाने के सामने जमा हो गये।

कुछ लड़कों के हाथ में जलती हुई मशालें भी हैं। कोई कहीं से छोटी–सी मेज़ ले आया। जवाहर उस पर खड़ा हो गया। उसने पिता जी से सुना हुआ नारा लगाया–

"गले–गले पर चाकू है।"

बाक़ी लड़कों ने जवाब दिया–

"मुख्यमन्त्री डाकू है।"

इतनी भीड़ देखकर थाने के दरवाज़े पर खड़ा सिपाही डर गया है। उसने कन्धे पर से बन्दूक़ उतार ली। थानेदार भी अन्दर नहीं है। थोड़ी देर के बाद पुलिस की गाड़ी लेकर आयेगा, जिसमें मास्टरों को जेल ले जाया जायेगा।

तभी किसी बड़े लड़के ने पत्थर उठाकर थाने के गेट पर मारा। उसकी देखा–देखी और लड़के भी छोटे–छोटे पत्थर मार रहे हैं। एक पत्थर सिपाही के माथे पर लगा है। ख़ून बहना शुरू हो गया। वह बेहद डर गया है। लड़कों की भीड़ दरवाज़े की ओर बढ़ रही है। उसने बन्दूक़ सीधी कर ली है और फिर एक पत्थर उसकी ओर उछला। उसका डर और बढ़ा तथा बन्दूक़ के घोड़े पर, ट्रिगर पर उसकी उँगली दब गयी। गोली की आवाज़ सुनकर लड़कों की भीड़ वहाँ से भाग गयी। लेकिन एक लड़का वहाँ गिरा पड़ा है। सिपाही दौड़कर आगे बढ़ा। उसकी आँखें फटी की फटी रह गयीं। गोली लड़के के सिर पर लगी है और तेज़ी से ख़ून बह रहा है।

थोड़ी देर बाद थानेदार ने उस कमरे में प्रवेश किया जहाँ सब मास्टर बन्द थे। मास्टरजी को इशारे से बाहर बुलाया। उन्हें अपने साथ जीप में बिठाया और हस्पताल ले गया।

जवाहर चारपाई पर लेटा है। उसके सिर के पिछले भाग पर पट्टी बँधी है। सिर के सारे बाल उस्तरे से साफ़ कर दिये गये हैं, ज़ख़्म धोने और पट्टी करने के लिये। जवाहर का चेहरा एकदम सफ़ेद, रक्तहीन और निर्जीव हो गया है।

डॉक्टर बताता है कि गोली सिर के अन्दर ही है। इस छोटे हस्पताल में ऑपरेशन करना असम्भव है। पिता उसके पास बैठे हैं। बच्चे के होंठ हिलते हैं। वह कुछ बोल रहा है। मास्टरजी अपना काम उसके होंठों के पास करते हैं। जवाहर बड़ी धीमी, लेकिन साफ़ आवाज़ में कह रहा है–

''मेरी थोड़ी–सी राख गंगा में गिरायी जाये...''

''गंगा भारत की प्यारी नदी...विमान के द्वारा शेष राख...''

'शायद बच्चे का ब्रेन डेमेज हो गया है। गोली लगने से हो सकता है दिमाग़ ने काम करना बन्द कर दिया हो।'' डॉक्टर ने कहा।

''नहीं, यह अपनी अन्तिम इच्छा बता रहा है।'' मास्टरजी ने धीर–गम्भीर आवाज़ में कहा।

पिता की आवाज़ सुनकर जवाहर ने आँखें खोलीं। उसकी आँखें ध ीरे–धीरे सब ओर भटक रही हैं। फिर सामने की दीवार पर लगे फ़ोटो को देखकर उसकी आँखें वहीं थम जाती हैं। वह हाथ ऊपर उठाकर 'मैं, मैं'' करता है।

मास्टरजी नेहरू जी का फ़ोटो दीवार से उतारकर जवाहर को देते हैं। लड़का धीरे–धीरे फ़ोटो पर हाथ फेर रहा है। उसकी पतली तीखी नाक, लम्बा चेहरा और बाल साफ़ हो जाने के कारण बिल्कुल गंजा सिर फ़ोटो से मिलता जा रहा है, एक होता जा रहा है। उसका जिस्म अकड़ गया है। आत्मा संघर्ष कर रही है। और फिर उसकी आत्मा के बन्धन तोड़कर एक लम्बी चीख़ निकली, कमरे के दरवाज़े से निकलकर बाहर आँगन में फैल गयी। और जवाहरलाल का सिर एक ओर लुढ़क गया।

प्रतिद्वन्द्वी

पाँचवाँ राउण्ड समाप्त हो गया। उसे थामकर स्टूल पर बिठाया गया। दिसम्बर की इस सर्दी में भी उसका शरीर पसीने से नहा गया है। दो जवान उसके शरीर पर मालिश कर रहे हैं, एक तौलिए से पसीना सुखा रहा है। उसकी एक आँख लगभग बन्द हो चुकी है और डॉक्टर की प्राथमिक चिकित्सा के बावजूद होंठों से लहू की बूँदें टपक रही है। मेजर पास ठहरा उसे हिदायतें दे रहा है। ''हाँ, प्रतिद्वन्द्वी को उसे छठे राउण्ड में अवश्य हरा देना चाहिए। उसके बायें मुक्के से बिल्कुल बचकर रहना है। अगले राउण्ड में मैच का निर्णय हो जाना चाहिए। इससे अधि ाक वह प्रतिद्वन्द्वी की मार न सह पायेगा।'' फिर अब तक के पाँचों राउण डों में वह बहुत मार खा चुका है। अगर अंकों के आधार पर निर्णय किया गया तो भी वह हार जायेगा।

अब उसके होंठों से ख़ून टपकना बन्द हो गया है। शरीर के अंगों में फिर से लहू का लगातार संचार वह महसूस कर रहा है। उसे सारे चेहरे, प्रत्येक वस्तु अब दो–दो नज़र आनी बन्द हो गयी हैं। उसने सिर उठाया। कमांडिंग अफ़सर भी उसके पास आ ठहरे हैं। पंजाबी की भारी–भारी गालियाँ उनके मुँह से लगातार निकल रही हैं। ''इतनी मार खा रहे हो। रेजिमेंट के मुँह पर कलंक लगा दिया है। इस राउण्ड में उसका सिर फोड़ डालो। यह मैच जीत गये तो अन्तःकमान प्रतियोगिता में पहुँच जाओगे। नायक से हवलदार बना दूँगा। डर लगता है तो फौज़ छोड़ दो। माँ की गोद में घुस जाओ...!''

मेजर उन्हें बाँह से पकड़कर परे ले जाता है। छठा राउण्ड आरम्भ होने की घण्टी बजती है। मेजर उसे प्रतिद्वन्द्वी के बायें मुक्के से बचे रहने की फिर से सलाह देता है।

यह रिंग में पहुँच गया है। प्रतिद्वन्द्वी की रेज़िमेंट के जवान लगातार शोर मचा रहे हैं। उसके साथी जवानों के चेहरे मुरझा गये हैं, सब चुप बैठे हैं। प्रतिद्वन्द्वी रिंग के एक कोने में खड़ा उसकी प्रतीक्षा कर रहा है। उसके चेहरे पर व्यंग्यात्मक मुस्कान है जो कि प्रायः विजेता प्रकार के लोगों के मुँह पर चिपकी रहती है। वह धीरे–धीरे उसकी ओर बढ़ रहा है। दूसरा मुक्केबाज़ रिंग में घूमे जा रहा है। रैफ़री भी साथ–साथ चक्कर लगा रहा है। दर्शक जवानों का शोर बढ़ रहा है। उसे पता है, अगर इस राउण्ड में निर्णय न हुआ तो वह हार जायेगा। और अधिक मार वह नहीं खा सकता। प्रतिद्वन्द्वी आक्रमणात्मक मुद्रा में उसकी ओर झपटता है। वह जान–बूझकर चेहरे से दोनों हाथ परे हटा लेता है। प्रतिद्वन्द्वी, रेफ़री तथा दर्शक उसकी इस मूर्खता पर दंग रह जाते हैं और तभी प्रतिद्वन्द्वी का बायाँ मुक्का उसके चेहरे पर पड़ता है, लेकिन वह ज़हरीले साँप की–सी फुर्ती–से सिर परे झटक लेता है। हालाँकि मुक्का पूरे ज़ोर से उसके मुँह पर नहीं पड़ा, फिर भी वह रस्सों का सहारा ले लेता है। दूसरा बॉक्सर थोड़ी–सी लापरवाही के साथ उसकी ओर बढ़ता है और तभी वह अपना बायाँ मुक्का उसके चेहरे पर ज़ोर से मारता है। क्षणांश के लिए प्रतिद्वन्द्वी की आँखों में अविश्वास की भावना तैर जाती है और वह नीचे गिरना आरम्भ हो जाता है। फिर नीचे गिरते हुए बॉक्सर की कनपटी उसके आगे आ जाती है। बड़ी मशीनी हरक़त से उसका दायाँ मुक्का जो कि 'किलर–पंच' कहा जाता है, उसकी कनपटी पर पड़ता है और कटे हुए पेड़ की तरह दूसरा बॉक्सर नीचे गिर जाता है। रेफ़री गिनती करना आरम्भ करता है और फिर 'चार' तक गिनकर अचानक थम जाता है। ख़ून की पतली–सी लक़ीर रिंग कें फ़र्श पर फैल रही है। नीचे गिरे बॉक्सर की ज़बान दाँतों में दब गयी है। डॉक्टर पहले सोचता है कि लहू कटी ज़बान से निकल रहा है। फिर उसकी निगाह गिरे हुए बॉक्सर की कनपटी पर पड़ती है। हाँ, ख़ून वहीं से निकल रहा है, नस फट गयी है। एम्बुलेंस में गिरे हुए बॉक्सर को डाला जाता है। वापस लौटती मोटर के सायरन की चीख़ वातावरण तेज़ धार चाकू की तरह काटकर रख देती है।

पिछले पाँच दिनों से वह घायल बॉक्सर मूर्च्छित पड़ा है। डॉक्टरों की लगातार कोशिश के बावजूद अभी तक होश नहीं आया। इसे उस मैच

का विजेता घोषित कर दिया गया है। रेफ़री का निजी विचार है कि इसे गिरते बॉक्सर को मुक्का नहीं मारना चाहिए था, लेकिन खेल के नियमों के अनुसार उसे दोषी नहीं ठहराया जा सकता।

अन्तःकमान मैच में मुक़ाबला बहुत कड़ा होगा। अभ्यास के लिए चार जवान उसके साथ रिंग पर उतरते हैं। वे चारों उस पर एक साथ आक्रमण करेंगे और उसे अपने आपको बचाना होता है, लेकिन अब सब कुछ बदल गया है। वह रिंग में खड़ा उनके आक्रमण की प्रतीक्षा कर रहा है। उसका सिर थोड़ा–सा नीचे झुका हुआ है और बड़ी तेज़ी से यन्त्रवत् दायें–बायें हिल रहा है। दोनों हाथ रक्षात्मक मुद्रा में चेहरे के सामने हैं। चारों जवान रिंग के किनारे–किनारे धीरे–धीरे चक्कर काट रहे हैं। मेजर उन्हे आक्रमण के लिए उकसा रहा है, गालियाँ दे रहा है, परन्तु वे आगे नहीं बढ़ रहे हैं। इसके हड्डी टूटे नाक के नथुने बड़ी जल्दी–जल्दी बन्द–खुल रहे हैं।

इन चारों जवानों ने पिछला मैच देखा था। गिरते हुए बॉक्सर का, फटी हुई कनपटी का दृश्य उनकी आँखों में क़ैद हो चुका है। उनके चेहरे पर छाये हुए भय की भावना को यह भी देखता है, मेजर भी पढ़ लेता है। और फिर बिना किसी अभ्यास के वे चारों जवान रिंग से बाहर आ जाते हैं।

वह अभी तक वैसे ही सिर झुकाये रिंग में खड़ा है। मेजर उसके बाहर आने की प्रतीक्षा कर रहा है। फिर बड़ी तेज़ी–से वह अपने चेहरे के आगे दायाँ हाथ कर लेता है, जैसे शत्रु के आक्रमण से अपने को बचा रहा हो। बायें हाथ से उस अनुपस्थित बॉक्सर पर प्रत्याक्रमण करता है। फिर धीरे–धीरे रिंग के बाहर आ जाता है। उसके सिर के साथ चिपके–से हुए कान बड़ी तेज़ी से हिल रहे हैं, जैसे कि प्रायः किसी मैच अथवा अभ्यास के पश्चात् हिला करते हैं।

आजकल रेजिमेंट के सारे जवान उससे कतराये–से रहते हैं। मेजर जानता है, अब अपनी यूनिट से उसके लिए अभ्यस्त साथी न मिलेंगे। वह दूसरी यूनिट को कोई बॉक्सर अभ्यास कराने के लिए भेजने के लिए प्रार्थना करता है, परन्तु वहाँ का कमांडिग अफ़सर स्पष्ट इनकार कर देता है कि उन्हें अपना आदमी मरवाना नहीं है।

और अन्तःकमान मैच थोड़े दिनों में ही होना है।

उसने कमरे में एक रस्सी छत से लटका ली है। इसके साथ एक फुटबाल बाँध लिया है। आजकल उसी के साथ उसका अभ्यास चल रहा है। वह जितनी ज़ोर–से फुटबाल को मुक्का मारता है, उसी गति से वह वापस लौटता है। अपना चेहरा दायें–बायें हिलाकर वह चेहरे को इसके वार से बचाना चाहता है।

लेकिन दो दिनों के पश्चात् यह अभ्यास भी अर्थहीन हो गया है। उसे पता चल गया है कि फुटचाल किस कोण और किस गति से उसे वापस आकर लगेगा। अब वह बिना मुक्का मारे अपना चेहरा आगे–पीछे कर लेता है, उसकी गति और कोण की कल्पना कर लेता है। अपने आप को बचाने का, विपक्षी की मार खाने का सारा आनन्द समाप्त हो गया है...

उसने सदा मार खायी है। बचपन की सबसे पहली स्मृति जो उसके मन के डार्करूम में उतरी थी, वह माँ के ज़ोर–ज़ोर से चीख़ने और कमरे में एक ओर से दूसरी ओर भागने की है। वह अपने छोटे–छोटे हाथ बन्द करके लगातार यह दृश्य देखा करता था। एक आदमी प्रति रात्रि माँ के पीछे दौड़ा करता था। उसके हाथ में जूता, बर्तन अथवा जो भी दूसरी वस्तु आया करती थी, माँ को मारा करता था। उसे बहुत समय बाद पता चला कि वह आदमी उसका पिता है। शराब पीकर जब वह घर पर आता है तो यह दृश्य सदा दोहराया जाता है। पिता जब माँ को थप्पड़ मारता था तो उसका शिशु–मन सदा यह सोचता था कि यदि माँ अपना चेहरा थोड़ा–सा परे कर लेती तो वह चोट उस पर न पड़ती। ज्यों–ज्यों वह बड़ा होता गया, सुरक्षा की यह भावना तथा बचने के ढंग और भी तीव्र ढंग से सीखता गया। पिता अन्तिम दृश्य में माँ के बाल हाथों में पकड़ लेता था। जब वह निढाल हो जाती थी तो उसे चारपाई पर पटक दिया करता था। उस रात उसे छोटी चारपाई पर सुला दिया जाता था। पिता माँ के पास सोता था और बहुत रात गये तक माँ के सिसकने की आवाज़ उसे जगाये रहती थी। थोड़ा और बड़ा होने पर उसे बहुत–सी बातें समझ आ गयीं। वह चारपाई पर बैठे हुए ही शत्रु पिता पर आक्रमण कर दिया करता था। उसके शरीर के प्रत्येक अंग का अपने मन में चुनाव करता था, उस पर अलग–अलग वस्तुओं से आक्रमण किया करता था। उसका सबसे प्रिय दृश्य था, जब वह सब्ज़ी काटने का चाकू पिता की आँख में

घोंपता है और इस प्रकार पिता से सारा–का–सारा प्रतिकार ले लेता है। वह प्रत्येक रात बिना हिले–डुले माँ के साथ मिलकर पिता से युद्ध करता है और दोनों उसके हाथों घायल होते हैं। उसके छोटे–से मस्तिष्क में पिता के घायल शरीर का दृश्य क़ैद हो गया हैं और सचमुच एक दिन शराब की दुकान पर झगड़ा होने के पश्चात् पुलिसवाले उसके पिता के मृत शरीर को घर में छोड़कर गये थे। पिता का अंग–प्रत्यंग उसी प्रकार से घायल था जैसी कि वह आज तक कल्पना करता आया है।

मुक्केबाज़ी उसके लिए मात्र खेल नहीं, एक शारीरिक तथा आन्तरिक आवश्यकता है। जितना दंड उसे स्मृति–शक्ति प्राप्त होते ही इस जीवन में मिला है, उसका प्रतिकार भी तो लेना है। रिंग में उतरने पर पहले कुछ राउण्डों में उसे सदा बहुत मार पड़ती है। इस मार का उसकी आत्मा तथा शरीर पर कोई प्रभाव नहीं पड़ता। यह तो शैशव के पुराने दृश्य हैं जो फिर से जन्म ले लेते हैं, दोहराये जाते है। वह स्वयं माँ है जिसको पिता भिन्न–भिन्न चीज़ों से मार रहा है, घायल किये जा रहा है। फिर वह एक छोटा बच्चा है, जो पिता के शरीर के अंगों का चुनाव कर रहा है, उन पर किसी कोण, विशेष से आक्रमण करने की ताक में है। इतना अधिक मारने के पश्चात् प्रतिद्वन्द्वी प्रायः उसके प्रति लापरवाह हो जाते हैं। और तब वह, उसके अन्दर बैठी माँ, दोनों मिलकर विपक्षी पर घातक आक्रमण कर दिया करते हैं और इर दोहरे हमले से आज तक कोई नहीं बच पाया है।

वह घायल बॉक्सर अभी मूर्च्छित पड़ा है। वह लम्बी मूर्च्छा टूटने का नाम ही नहीं ले रही है। अब पीठ पीछे उसे हत्यारे के नाम से बुलाया जा रहा है।

सेना में भर्ती होने के पश्चात् उसने शिक्षण–केन्द्र में ही बॉक्सिंग आरम्भ कर दी थी। उसने कई प्रतियोगितायें जीतीं और दो साल में ही नायक बना दिया गया। अन्तःकमान प्रतियोगिता जीत जायेगा तो इक्कीस वर्ष की छोटी–सी आयु में हवलदार बन जायेगा। आ. जकल उसे अभ्यास–साथियों की कमी बिल्कुल भी महसूस नहीं हो रही है। वह शाम होते ही चारपाई पर लेट जाता है। कमरे में लटक

रही रस्सी से फुटबाल खोल दिया है। चारपाई पर से उठने की आवश्यकता भी नहीं रही। वह अदृश्य प्रतिद्वन्द्वी जिससे अन्तःकमान मैच में लड़ना है, कमरे के बन्द दरवाज़े से अन्दर आ जाता है। प्रतिद्वन्द्वी प्रत्येक रात को उस पर आक्रमण कर देता है। वह लेटे–लेटे ही उसके घात–प्रतिघात से अपनी रक्षा करता रहता हे। वह जानता है, रिंग में किस स्थान पर खड़ा है? दूसरा बॉक्सर दायीं दिशा से उस पर आक्रमण करता है। उसके हाथ चारपाई पर पड़े हैं, वहाँ से थोड़ा–सा भी हिलते नहीं। फिर वही निश्चल हाथ चेहरे के सामने आ गये हैं। वह सँभले कि इससे पूर्व ही उस बॉक्सर का मुक्का इसकी दायीं आँख पर पड़ता है। हाँ, यह चोट ज़रा ज़ोर–से लगी है। माँ चीख़ी है। पिता द्वारा फेंका पीतल का गिलास माँ के माथे पर लगा है। वह नीचे गिर पड़ी है। उसकी आत्मा में बैठा प्रतिकार और प्रतिहिंसा का साँप धीरे–धीरे कुण्डली खोल रहा है, फन उठा रहा है। पिता शत्रु है, रिंग में उतर आया है। अदृश्य प्रतिद्वन्द्वी के चेहरे के किसी भाग–विशेष का वह चुनाव कर रहा है।

वह चारपाई पर अब भी लेटा है। हाँ, दो राउण्ड समाप्त हो गये हैं। रिंग, सारे–के–सारे दर्शक तथा रेफ़री बन्द दरवाज़े से कमरे में प्रवेश कर आये हैं, उसे देख रहे हैं, अँधेरे कोनों मे दुबके बैठे हैं। अभी तो और राउण्ड बाक़ी हैं। यह अभ्यास तो सारी रात चलना है, कल ही अन्तःकमान मैच है।

वह अब भी लेटा है और तीसरा राउण्ड आरम्भ हो गया है। दूसरे बॉक्सर ने छूटते ही उस पर आक्रमण कर दिया। मुक्का फिर उसी आँख पर लगा है जिस पर पिछले राउण्ड में चोट आयी थी। सिरहाने पर टिका उसका सिर एक झटके–से दूसरी ओर हो जाता है, अगले वार से बचना है। वह आँख छूकर देखता है, बिल्कुल ठीक है। फिर भी बन्द हो गयी है।

वह पसीने में नहा गया है। इस राउण्ड में नीचे गिरा है, लेकिन रेफ़री के दस गिनने से पूर्व ही उठ ठहरा है। मेजर उसे कुछ समझाने की कोशिश कर रहा है। कमरे में छिपे प्रेत दर्शकों का शोर उसके कानों से टकराकर लौट जा रहा है। मस्तिष्क सुन्न हो गया है, ठहरे हुए यन्त्र की तरह। अब कोई भी संकेत अथवा अनुभूति ग्रहण नहीं कर रहा है।

वह उछलकर चारपाई से उठ ठहरता है। अब मात्र एक आँख से दिखायी दे रहा है। कमरे में छिपे हुए प्रतिद्वन्द्वी को यह आँख तलाश रही है। उसका सिर नीचे झुक गया है, ज़ोरों से दायें–बायें हिल रहा है।

राउण्ड आरम्भ होने की घण्टी बज गयी है। युद्ध आरम्भ हो चुका है। अदृश्य प्रतिद्वन्द्वी ने फिर से उसी आँख पर मुक्का मारने की चेष्टा की है, लेकिन आत्मा में बैठा साँप झटके के साथ फन परे कर लेता है। उसके बायें हाथ का मुक्का शत्रु के गले पर लगा है तथा वह रस्से का सहारा ले लेता है। वह क्रुद्ध होकर दो क़दम पीछे हटता है। फिर बायें हाथ से प्रतिद्वन्द्वी को मारने का छलावा देता है और इससे पूर्व कि शत्रु अपने को बचा पाता, वह उसे दायें हाथ से किलर पंच मारता है। प्रतिद्वन्द्वी धराशायी हो गया, उसकी कनपटी फट गयी है। और लहू की पतली लक़ीर रिंग पर फैल गयी है। युद्ध समाप्त हो गया है। दृश्य पूर्ण हो जाता है। पिता का मृत शरीर पुलिस वाले घर छोड़ गये हैं तथा उसका शरीर उसी प्रकार क्षत–विक्षत है जैसा कि वह कल्पना करता आया है। शैशव की सारी मार का प्रतिकार हो गया है। माँ फिर से आत्मा में लौट आती है; प्रतिहिंसा वाला साँप अपना फन समेट लेता है। कमरे के कोने में दुबके दर्शक बन्द दरवाज़े के रास्ते बाहर भाग जाते हैं और वह अपने ही घायल शरीर को, जो रिंग पर धराशायी पड़ा है, जिसकी कनपटी फट गयी है, देखता रहता है। फिर सहारे के लिए वह छत से लटक रही रस्सी पकड़ लेता है।

सुबह दरवाज़ा तोड़कर उसका कमरा खोला जाता है। उसका मृत शरीर छत पर बँधी रस्सी के साथ लटक रहा है। उसके दोनों हाथ अब भी चेहरे के सामने हैं, सिर एक कोणविशेष पर झुका हुआ–प्रतिद्वन्द्वी के आक्रमण से बचने की मुद्रा में।

और उसी सुबह उस घायल बॉक्सर की भी मृत्यु हो जाती है, जो इतने दिनों से हस्पताल में मूर्च्छित पड़ा था...

क्योंकि मैं उसे जानता नहीं

मैं आज दोपहर को यहाँ पहुँचा हूँ। इतने बड़े होटल का इतना बड़ा हॉल कमरा इस समय बिल्कुल ख़ाली है। सैलानी, मैदानों से आये हुए यात्री, शायद सब–के–सब बाहर घूमने गये हैं। अभी शाम होगी, लौटते हुए परिन्दों की तरह एक–एक कर वापस आना शुरू हो जायेंगे। अन्दर आने का दरवाज़ा सड़क पर ही खुलता है। बाहर के मिनी–लॉन में धीमे–धीमे ऑर्केस्ट्रा बज रहा है। अपनी–अपनी हाथगाड़ी में लेटे बच्चे कभी सूर्य को देख लेते हैं, कभी आसमान को। यह सब कुछ मैं अन्दर आने से पहले ही नोट कर चुका हूँ।

वेटर बड़े दरवाज़े से बाहर जाते हैं, तो संगीत का एक टुकड़ा झटपट कन्धे सिकोड़कर अन्दर आ जाता है। दरवाज़ा बन्द हो जाता है, तो संगीत के बाक़ी टुकड़े अन्दर आने के लिए शीशों से टकरा–टकराकर बाहर की हवा में विलीन हो जाते हैं। यहाँ कमरा मिलने में कोई दिक़्क़त नहीं हुई। सीज़न नहीं है, इसलिए कुछ लोग ही होटल में ठहरे हुए हैं। बाहर एकदम अँधेरा छा गया है, बटन दबाकर सूरज का स्विच ऑफ कर दिया हो जैसे। बादलों जैसी मोटी धुन्ध सड़क पर, दरवाज़ों–खिड़कियों के पास तथा खुले में मटरगश्ती करने लगी है। लोग सरे–शाम ही लौटने शुरू हो गये हैं।

बड़ा दरवाज़ा खुलता है। हवा को अन्दर आने की जल्दी है, बाहर दिसम्बर की निर्दय सर्दी जो पड़ रही है। तीन लोग अन्दर आये हैं। दरवाज़ा बन्द हो गया। हवा, जो अन्दर आयी थी, सारी कुर्सियों–मेज़ों को छूती हुई रौशनदान में जा सिकुड़ बैठी है।

आया की गोद में बच्चा है। मर्द उस बच्चे को कमरे में ले जाने के लिए कहता है। औरत अपने दस्ताने उतार देती है। छत से लटके शेंडलियर की पीली रोशनी सीधे उसके हाथों में पड़ रही है। वह हाथ रगड़ती है।

दो पतली कटारें एक–दूसरे पर रगड़ खाती हैं, इनकी परछाईं दीवार पर छोटी–छोटी उछालें भरती है और फिर दीवार पर से भाग जाती है।

मैं दीवार के साथ वाली मेज़ पर बैठा हूँ। वे हॉल कमरे से बीचों–बीच लगी मेज़ के गिर्द बैठे हैं। मर्द अपना चश्मा उतारकर साफ़ करता है। फिर पहन लेता है। वह अभी भी परेशानी से ऊपर की तरफ़ देखता है। शेंडलियर की रोशनी उसके चश्मे के शीशों पर पड़ रही है। वह कुर्सी थोड़ा परे सरकाता है। अब उसका चश्मा रोशनी के घेरे से बाहर हो गया है। आया बच्चे के साथ फिर हॉल कमरे में लौट आयी है। मर्द बच्चे को गोद में लेता है, लिपटे हुए कम्बल को उसके कानों तक ओढ़ा देता है और फिर बच्चा आया को वापस लौटा देता है। औरत ने बच्चे की ओर सिर उठाकर देखा तक नहीं है।

मर्द अब ब्रांडी पी रहा है। गिलास में से कोसे पानी और ब्रांडी की हल्की–सी भाप ऊपर उठती है और गिलास के किनारे तक पहुँचकर दम तोड़ देती है, फिर नीचे चली जाती है। औरत ने अब सिर पर से स्कार्फ़ उतार दिया है। बँधे बाल बिखर गये हैं और इन्होंने फिर से स्कार्फ़ की तरह उस चेहरे के दायें–बायें दोनों हिस्सों को ढक लिया है। हॉल कमरे में कुछ और लोग भी एक–दूसरे से दूर–दूर कुर्सियों पर आ बैठे हैं। ऑर्केस्ट्रावाले भी बाहर के मिनी–हॉल से अपने साज़ों के साथ अन्दर आ गये हैं। लम्बे–लम्बे बालोंवाले इन लड़कों के चेहरे और हाथ सर्दी से लाल पड़ गये हैं। वे अपने हाथों से चेहरे रगड़कर गर्मी पैदा कर रहे हैं। परियों जैसे कपड़े पहने एक छोटी–सी लड़की उनमें से लम्बे बालों और लम्बी नाक वाले लड़के को एक चिट पकड़ाती है। लड़का नीचे झुककर बच्ची के गाल सहलाता है, अपने साथियों से कुछ कहता है। और एकदम उदास–सी धुन के कपड़े पहने सफ़ेद हंस बड़े थके–थके पंखों से वहाँ हवा में तैरने लग पड़ते हैं।

उन लोगों को यहाँ अन्दर आये, बैठे हुए एक घण्टे से ऊपर हो चुका है। मर्द ने ब्रांडी का दूसरा पैग ख़त्म कर डाला है। औरत अब भी उस लम्बे–पतले गिलास से दूध सिप कर रही है। मैं उनकी मेज़ के गिर्द फैली मिस्ट्री को महसूस कर रहा हूँ, लेकिन समझ नहीं पा रहा। कुछ स्ट्रेंज, विचित्र घट रहा है, हो रहा है। पिछले सात साल, मैं लगातार एक कमरे में अक़ेला रहा हूँ, बिना किसी से मिले–जुले। इसलिये और शक्तियाँ चाहे

क्षीण हो गयी हों, लेकिन आसपास के वातावरण, उसमें हल्की–सी तब्दीली या कसाव को मेरा आत्मा–यन्त्र बहुत जल्दी ग्रहण कर लेता है।

अब उस मेज़ पर खाना आ गया है, केवल मर्द के लिये। औरत अब भी दूध सिप कर रही है। उसे शायद खाना नहीं खाना है। आया बच्चे को उठाकर उसके पास लाती है। औरत बच्चे की मुँदी पलकों को छोटी उँगली के पोर से छू भर देती है। बच्चा उठाकर आया फिर से साथवाली मेज़ पर चली जाती है। मर्द सिर नीचे झुकाये लगातार खाना खाये जा रहा है और उनकी मेज़ के आसपास फैले हुए रहस्य पर से अचानक काला पर्दा हट गया। मेरे अन्दर तनाव की विद्युत लहरें चलनी बन्द हो गयीं। हाँ, पिछले दो घण्टे से ये लोग आपस में बोले तक नहीं। कोई बात नहीं की। इनके सारे मूवमेंट्स यन्त्र–मानवों के हैं। और फिर उस औरत का चेहरा देखने की मेरी लालसा एकदम प्रबल हो गयी।

ऑर्केस्ट्रा पर अब कोई तेज़ तीखी धुन बज रही है। मुझे धुन का नाम नहीं आता, क्योंकि सात साल बाद मैं कोई धुन सुन रहा हूँ। इसी बीच जाने क्या–क्या नया कुछ आ गया है। मैं काफ़ी देर से वेटर का ध्यान अपनी ओर आकर्षित करने की कोशिश कर रहा हूँ, लेकिन वह इधर देख नहीं रहा। मैं आज 'ड्रंक' होना चाहता हूँ। शरीर अभ्यस्त नहीं, इसलिए शराब कोई असर नहीं कर रही शायद। मैं मेज़ पर चम्मच बजाता हूँ। शायद सुनकर वेटर आ जाये, लेकिन इस छोटी आवाज़ को बड़ी आवाज़ खा जाती है। मुझे अचानक गुस्सा आ जाता है। बड़ी ऊँची आवाज़ में कहता हूँ–

"वेटर!"

ऑर्केस्ट्रा बन्द हो जाता है। लोग चौंककर सिर उठाये इधर देख रहे हैं। मुझे अचानक ख़याल आता है, मेरे छह फीट दो इंच शरीर के अनुपात में मेरी आवाज़ भी बहुत ऊँची है। मैं अपनी जगह पर उठ चुका हूँ। मैनेजर मेरी मेज़ के पास आ रहा है, लोग मुझे घूर रहे हैं और फिर यह सारे–के–सारे दृश्य, मूवमेंट्स अपनी जगह पर जम जाते हैं, फ्रीज़ हो जाते हैं।

क्योंकि वह औरत भी मेरी आवाज़ सुनकर अपनी जगह उठ गयी है, अब वह मेरी तरफ़ मुड़ चुकी है। उसने दोनों हाथ आधे ऊपर उठाकर दोनों गालों पर बिखर आये बालों को पीछे हटा दिया है। वह लगातार मेरी ओर देख रही है। बीच के सात वर्ष, असंख्य क्षण, तेज़ी–से हम दोनों के

बीच भागना आरम्भ कर देते हैं। मेरा क़दम उठने लगता है कि मैं उसकी आँखों में देखता हूँ।

उसके बाल सिर को झटका देने के कारण अब भी हिल रहे हैं। जिप्सी–रिंग लगातार गालों पर छोटे–छोटे दायरे बना रहा है। यह सब मुझे बुला रहे हैं, लेकिन आँखें? हाँ, उसकी आँखों में दिसम्बर की सर्द हवा थी और इसने मुझे अपने स्थान पर से हिलने नहीं दिया। मेरी आत्मा ने मेरा हाथ पकड़कर मुझे फिर वहीं अपनी जगह पर बिठा दिया।

अब थम गये, जम गये दृश्य फिर से पिघल गये हैं, चलने लग पड़े हैं। बड़ी–बड़ी मूँछोंवाला मैनेजर मेरे पास खड़ा कुछ कह रहा है। ऑर्केस्ट्रा फिर से बजना शुरू हो गया है। लोग फिर से धीमे–धीमे जैसे कोई रहस्यपूर्ण बातें करने लगे हैं। साथवाली मेज़ पर बैठा मर्द उस औरत का कन्धा थामकर कमरे की ओर लिये जा रहा है, जिसके कानों में जिप्सी–रिंग थे और आँखों में दिसम्बर की सर्द हवा।

मैनेजर शायद मुझसे गुस्से में बोलने की वजह पूछ रहा है। उसे बताता हूँ कि मैं गुस्से में नहीं बोला, मेरी आवाज़ ही इतनी ऊँची है, असर नहीं कर रही। वह मुस्कराकर मेरे सामनेवाली कुर्सी पर बैठ जाता है। फिर कहता है–

"यंगमैन, अगर शराब चढ़ानी हो, तो अकेले बैठकर नहीं पीनी चाहिये। और फिर महँगी शराब कहीं असर करती है? दिन मैं रम मँगवाता हूँ।"

उसने वेटर को बुलाकर दो पैग रम मँगवायी। मुझे लगा, इतने सारे लोगों के बीच वह भी शायद अकेला है। किसी के पास बैठकर पीना चाहता हूँ।

"आप क्या आर्मी में हैं?" मेरे लम्बे–चौड़े शरीर को देखकर वह भी धोखा खा गया है। मैं उसे बताता हूँ कि ऐसा कुछ नहीं, मैं लिटरेचर का स्टूडेंट है।

"ओ नो! तुम्हें तो आर्मी में जाना चाहिये था। कविता, किताबों में क्या रखा है?"

फिर बताता है कि वह फौज़ से मेजर के पद से रिटायर हुआ है। अभी उसकी उम्र चालीस के आसपास है, वह इतनी जल्दी रिटायर कैसे हो गया? मेरे सवाल पर उसकी छोटी–छोटी आँखों में शरारत

कौंध गयी है। शराब पीकर उसने अपने काले–अंग्रेज़ स्वभाववाले कर्नल को क्लब के अन्दर, कई आदमियों के सामने पीट डाला था। परिणाम दो ही हो सकते थे–त्यागपत्र अथवा कोर्ट–मार्शल। वह सेना छोड़ आया और यहाँ मैनेजर लग गया। फ्री खाना, फ्री रिहायश और ऊपर से अच्छा वेतन।

अब हॉल में सिर्फ़ हम दोनों बैठे हैं। सारे लोग और ऑर्केस्ट्रावाले उठ गये हैं। तभी जीन और पुलओवर पहने एक लड़की हॉल में आती है।

"पापा, उठिये। मम्मी खाने पर वेट कर रही हैं।"

"ओ नो! तुम खा लो। आज मेरे दोस्त का लड़का आया है। कुछ पुरानी बातें हो रही हैं।" वह मेरी ओर आँख दबाकर मुस्कराया।

"आपके दोस्त के लड़के का नाम क्या है?" लड़की ने शरारत से पूछा। दोनों बाप–बेटी कहकहा लगाकर हँस पड़े। लड़की हम दोनों को वेव करके वापस लौट गयी। मेजर ने बताया कि कभी–कभी तो टिककर पीनेवाला कोई यंगमैन आता है। साथ बैठकर, पीकर पुराने दिन लौट आते हैं।

हम दोनों उठकर आग के पास आ बैठे हैं। चटक–चटक की आवाज़ के साथ लड़कियाँ जलती हैं। आग की जीभ किसी प्यासे कुत्ते की जीभ की तरह लपलपाती है और फिर अन्दर चली जाती है, छोटी हो जाती है। बाहर शोर बढ़ रहा है। खिड़कियों, दीवारों, छज्जों और बालकनी से टकरा–टकराकर हवा अपना जिस्म घायल कर रही है और फिर बैन कर रही है। रौशनदान कुछ सफ़ेद–सा दिखायी देता है।

"क्या बाहर बर्फ़ गिर रही है?"

"नहीं। बर्फ़ीला तूफ़ान चल रहा है। एकाध दिन में बर्फ़ गिरने लगेगी। देखना, कल से ही लोग नीचे जाना शुरू हो जायेंगे।"

तभी बड़े तेज़ क़दमों से, गाऊन पहने हुए, उस औरत, जिसकी आँखों में दिसम्बर की सर्द हवा थी, के साथवाला आदमी हॉल कमरे में आता है। वह घबराया हुआ दिखायी देता है। मैनेजर को बताता है कि वह बेहोश हो गयी है। डॉक्टर को बुलाना है।

मैनेजर दो–तीन बार टेलीफ़ोन के नम्बर घुमाता है। फिर बताता है कि टेलीफ़ोन तो डैड है। शायद तेज़ हवा से फ़ोन के तार खम्भे पर कहीं टूट गये हैं। वह आदमी और भी बदहवास हो जाता है। उसे तो डॉक्टर

के घर का पता मालूम नहीं। मैनेजर ख़ुद साथ चलने के लिये तैयार हो जाता है, लेकिन पत्नी बेहोश है। उसके पास कौन बैठेगा? मैनेजर मेरी ओर देखकर उससे कहता है–

"आप चिन्ता न करें। यह यंगमैन उनके पास बैठ जायेगा। आप जल्दी से ओवरकोट पहनकर आ जाइये।"

वह आदमी मेरी ओर देखता है। मैं 'हाँ' में सिर हिला देता हूँ। वह मुझे अपने साथ कमरे में ले जाता है। वह छोटी–सी टेबलेट मुझे पकड़ाता है। ज़्यादा तबीयत ख़राब हो जाये, तो पानी के साथ उसे देने को बताता है, फिर ओवरकोट और बूट पहनकर बाहर चला जाता है।

मैं पलंग के पास कुर्सी खींचकर बैठ जाता हूँ उसका चेहरा उतना ही सफ़ेद लग रहा है, जितनी कि बिस्तर पर बिछी सफ़ेद चादर। कटे हुए बाल चेहरे पर बिखर आये हैं। कुछ बाल उसकी बन्द आँखों की पलकों पर बिखर गये हैं। वह बार–बार पलकें हिला रही है। शायद बाल परेशान कर रहे हैं। मैं उँगली से उसकी दोनों आँखों पर से बाल हटा देता हूँ। मेरे स्पर्श से वह आँखें खोल देती है। अब उन आँखों में दिसम्बर की सर्द हवा नहीं है। किसी अजानी, अन्तहीन यात्रा से लौट आने की थकावट है। वह बोलती है। किसी अन्धे अँधेरे गहरे कुएँ से आवाज़ निकलती है–

"तुम जेल से कब छूटे?"

"चार दिन पहले।"

थोड़े अन्तराल के बाद कहती है–'माँ कैसी है?"

"मैं जेल में ही था, तो वह मर गयी।"

उसके गले की नीली नस अब ज़ोर–ज़ोर से फड़क रही है।

"पिता कैसे हैं?"

"मैं जेल में ही था, तो वे मर गये।"

अब गले के पासवाली नीली नस फड़कनी बन्द हो गयी है। वह उठकर सिरहाने पर आधा बैठ गयी है। उत्तेजना के कारण, कसे हुए तार की तरह उसका शरीर काँप रहा है। क़ालीन के साथ पेट सटाकर लेटी हुई बिल्ली बिना आँखें झपकाये हम दोनों की ओर देख रही है। उसका मुँह धीरे–धीरे खुल रहा है। मुझे पता चल गया, वह उतनी ही ज़ोर से चीख़ मारकर मुझसे वही सवाल करेगी, जो सात साल पहले किया था। और वही हुआ। यात्रा से लौटकर आयी थकान

उसकी आँखों में मिट जाती है। दिसम्बर की सर्द हवा वहाँ फिर लौट आती है। कमरे में छोटी–सी चीख़ उभरती है और छटपटाते हुए वह मुझसे पूछती है।

"करम, करम, तुमने उसका ख़ून क्यों किया?" वह निढ़ाल होकर बिस्तर पर लुढ़क गयी है। उसकी चीख़ अब भी कमरे में तैर रही है। क़ालीन पर लेटी हुई बिल्ली चौंककर, छलाँग, गाकर कमरे के बाहर चली गयी है। मैं उसके पति को बतायी हुई टेबलेट उसके मुँह में रखता हूँ, बाँह का सहारा देकर उसका सिर ऊपर उठाता हूँ, पानी का घूँट पिलाता हूँ, वह टेबलेट निगल जाती है। फिर सब कुछ ख़ामोश हो जाता है। बिल्ली कमरे में लौट आयी है। क़ालीन से पेट लगाकर लेट गयी है और अधमुँदी अखों से किसी जासूस की तरह मुझे देख रही है। स्थितिप्रज्ञ होकर मेरा जवाब सुनने की प्रतीक्षा कर रही है।

उसे भाई का ख़ून मैंने क्यों कर किया, इस सवाल की जवाब मैं अपने वकील, विपक्ष के वकील, जज, अपने प्रोफ़ेसर को, अपने आपको न तब दे सका था और न आज दे सकता हूँ, क्योंकि इसका जवाब मुझे ख़ुद भी पता नहीं। बिल्ली अब भी मेरे जवाब का इन्तज़ार कर रही है और स्मृतियाँ मुझे आ दबोचती हैं।

हाँ, यह जो जूही लेटी हुई है, जिसके भाई को मैंने क़त्ल कर दिया था, मेरे साथ ही एम.ए. पढ़ती थी। हम हॉस्टल में रहते थे। गाँव में मेरे और उसके पिता के बहुत बड़े फ़ार्म थे, जहाँ ज़मींदारी होती थी। मेरे पिता, मेरा बड़ा भाई, दोनों मुझसे नाराज़ थे। क्योंकि उनके हिसाब से मेर दिमाग फिर गया था। इतना ऊँचा क़द–काठ है। सेहत है। फौज़ में नहीं जायेगा, पुलिस में नहीं जायेगा, फ़ार्मिंग नहीं करेगा, बनेगा तो प्रोफ़ेसर। जाटों, ज़मींदारों के घर कलंक पैदा हुआ है।

लेकिन मैं तो सारा जीवन स्कूल में, कॉलेज में कभी किसी से लड़ा नहीं। गुस्सा तक नहीं आया। बड़ा भाई बी.ए. पास है। महीने में दो–चार बार ज़रूर लड़ाई कर डालता है। डटकर फ़ार्म में काम करता है और जी भरकर शराब पीता है। लड़ता है, तो क्या हुआ? जाट का लड़का ख़ून–ख़राबा नहीं करेगा, तो क्या बाबुओं के लड़के गँडासा चलायेंगे? लेकिन मेरी माँ हमेशा मेरा पक्ष लेती है। लड़के को पढ़ने दो, घर में पैसे की कमी है क्या? खेतों में काम करने के लिये नौकर रख लो।

जूही हिलती है। मैं उसका हाथ थाम लेता हूँ। वह धीमी आवाज़ में पूछती है, ''करम, तुम्हें ओ'नील का वह ड्रामा याद है जो हमने यूनीवर्सिटी में खेला था?''

''हाँ, डिज़ायन अंडर द एल्म्स।''

वह आँखें मूँद लेती है। शायद मेरा हलीम–शलीम जिस्म देखकर प्रोफ़ेसर ने मुझे उसमें एक्टिंग के लिए चुना था। वे हिन्दी के प्रसिद्ध लेखक थे और अंग्रेज़ी पढ़ाते थे। नाटक में मुझे उस बेटे का रोल करना था, जिसका अपनी माँ से प्रेम–सम्बन्ध और बाद में शारीरिक सम्बन्ध हो जाता है। बूढ़े बाप ने जवान औरत से शादी कर ली है। प्रोफ़ेसर ने बताया था कि नाटक आत्माओं का संघर्ष है। बाहर स्टेज पर कम कुछ घटित होगा, अन्दर आत्मा के स्टेज पर घटनायें उभरनी चाहिये। और माँ तथा प्रेमिका का अभिनय जूही कर रही थी। जूही हमारे गाँव के दूसरे बड़े ज़मींदार की लड़की है। बचपन से उसे देखा है, एक ही क्लास में पढ़ते हैं, लेकिन कोई ख़ास बातचीत कम ही हुई है। दो दिनों के सिहर्सल के बाद प्रोफ़ेसर खीझ गये। वे अमरीका से पढ़कर आये थे। स्टेज पर वास्तविकता लाना चाहते थे, लेकिन आलिंगन तो दूर, मैं जूही का हाथ पकड़ते ही काँपने लग जाता था, संवाद भूल जाता था।

प्रोफ़ेसर ने कहा–''तुम्हारा शरीर ग्रीक देवताओं जैसा है। लेकिन बाक़ी...'' और उन्होंने बेबसी से हाथ फैला दिये थे और शायद उनके कहने पर ही जूही उस शाम मुझे अपने साथ चाय पीने के लिये बाहर ले गयी थी।

मेरे हाथ के नीचे दबे हुए जूही के हाथ में हरक़त हुई है। वह उँगली से मेरे हाथ पर नाख़ून चुभाकर पूछती है–''क्यों करम, तुम्हें याद है, जब पहली शाम हम बाहर होटल में गये थे...तुमने अपने प्याले में चाय डाल ली थी...पीनी शुरू कर दी थी...और मेरा प्याला ख़ाली पड़ा रह गया था।''

अब उसकी आँखों में पुरानी ख़ुशियों का आभास आ गया है। मुझे सब याद है। उस शाम उसके पास बैठते ही मुझे कीट्स की सारी कविताओं और सारे–के–सारे साहित्य का अर्थ और आत्मा समझ आ गयी थी। कुछ शामों के साथ न मेरे अन्दर का टेंशन समाप्त कर दिया था। ओ'नील का ड्रामा हुआ और सफल हुआ। प्रादेशिक अख़बार में मेरा और जूही का चित्र भी छपा और प्रोफ़ेसर का बताया आत्मा के स्टेज का अर्थ तब सदा–सदा के लिये मेरी समझ में आ गया था।

···वह सहज, स्वाभाविक ढंग से मुझे देख रही है। अपने प्रोफ़ेसर का वाक्य मुझे क्यों याद आ रहा है? सदा हार्डी को कोट करते थे, ''जीवन के इस महान त्रासद नाटक में ख़ुशी कभी–कभी होनेवाली एक घटना है।' जूही को खुश तो दिखायी नहीं देना चाहिये। हमारी आत्माओं में शायद एक ही स्तर–एक ही वेव–लेंथ पर कम्पन उत्पन्न हो रहे हैं; क्योंकि अगले ही क्षण वह मुझे बताती है–

''जानते हो, हमारे वे लेखक–प्रोफ़ेसर आजकल अमरीका में हैं...!''

मैं 'हाँ' में सिर हिलाता हूँ। वे मुझसे मिलने जेल आये थे। विलियम बटलर यीट्स के सारे कविता–संग्रह मेरे लिए लाये थे। वे पहले आदमी थे, जिन्होंने जूही के भाई के क़त्ल के बारे में मुझसे कोई प्रश्न नहीं किया था। वे एक घण्टा यीट्स और उसकी कविताओं के बारे में मुझसे बातें करते रहे थे। मैंने कहा ाि–

''सर, मैं सात साल अक़ेले कैसे काटूँगा?''

''अक़ेले!'' उन्होंने चश्मा पोंछते हुए कहा था, ''तुम अक़ेले कहाँ होगे? तुम्हारे साथ तुम होगे, जलते हुए रथ को खींचते हुए अश्व होंगे। प्रश्न किये बिना ही तुम्हें उत्तर मिलते रहेंगे। घुड़सवार तुम्हारे पास से प्रतिदिन गुज़रते रहेंगे। ए मैन मस्ट सफ़र। नो वन कैन एस्केप डेस्टिनी।''

उस समय मुझे उनकी बात समझ न आयी थी। उनकी कहानियाँ भी इतनी कठिन हुआ करता थी, मध्यवर्गीय समझ से परे। लेकिन इस सात सालों में उनकी सारी बातें ठीक निकलीं। पहला साल मैं क्षत–विक्षत रहा। दोष लगाती हुई आँख की तलाश करता रहा। प्रश्नों के कोड़ों से शरीर धुनता रहा। फिर प्रत्येक रात को घुड़सवार मेरे पास से गुज़रते रहे। जेल में रहकर ही एम.ए. की परीक्षा देने की मुझे आज्ञा भी मिल गयी थी। और अब जब मैं बाहर आ गया हूँ, तो कोई जिज्ञासा, कोई प्रश्नों के प्रेत मेरे कन्धे के पीछे ठहरकर मुझसे सवाल नहीं करते। जूही का पति कौन है? उसने शादी कब, क्यों, कैसे की ली? उसे बीमारी क्या है? ये सब प्रश्न असहाय प्रेत हैं, जिन्हें मैं सात साल के लम्बे कठिन द्वन्द्व–युद्ध में हरा चुका हूँ।

जूही की आँखें थकावट से मुँद रही हैं। वह मुझसे कहती है–

''तब दो साल बारिश नहीं हुई थी।''

सवाल करने के बाद वह सो जाती है। बिल्ली हैरत–भरी आँखों से मुझे देख रही है। उसे इस बारिशवाले सन्दर्भ के बारे में कुछ पता जो नहीं।

हाँ, तब दो साल बारिश नहीं हुई थी। फ़सलें मर रही थीं। बिजली की कमी के कारण जलघरों से बहुत थोड़ी देर के लिए बारी–बारी से किसानों को पानी दिया जाता था। और तब पानी की चोरियाँ आरम्भ हो गयी थीं। नहर से आते पानी को चुपके–से काटकर बिना बारी के अपने खेतों में चोरी से लगा लेना। छुट्टियाँ थीं। मैं भी घर आया हुआ था, जूही भी अपने घर। हम दोनों गाँव में यहाँ मिलते नहीं थे। बात तक नहीं करते थे। लेकिन बिना बोले, केवल देख लेने भरा से हमारे बीच तितलियाँ उड़ती रहती थीं।

आधी रात को ट्रैक्टर बाहर रुका था। दरवाज़ा ज़ोर–से खटखटाया। बड़े भाई ने उठकर खोला था। हमारे फार्म का मैनेजर था।

''क्या है?'' भाई ने सख़्त आवाज़ में पूछा था।

''साथवालों के लड़के ने पानी काटकर अपने खेत में लगा लिया है।''

''तू यहाँ क्या करने आया है? उसकी गर्दन नहीं काटी गयी? चल, मैं समझ लूँगा।''

भाई ने तहमद बाँध लिया। मैं साथ चलने के लिए उठा। भाई ने कहा था, ''तू कहाँ तैयार हो रहा है? बैठा रह। वहाँ कविता–पाठ नहीं होगा। बोदा कहीं का!''

और वह लम्बे क़दम उठाकर बाहर निकल गया था। वह जानता है, मुझसे लड़ाई न होगी। मुझे हिक़ारत की नज़र से देखता है और सामने तथा पीठ पीछे करमजीत कहकर नहीं, 'बोदा' कहकर बुलाता है।

आधा घण्टे के बाद टैक्टर लौटने की आवाज़ आयी। पिता, माँ भी जाग गये थे। भाई ने ट्रैक्टर जूही के घर से आगे खड़ा कर दिया था। उसका भाई पीछे ट्रैक्टर के साथ रस्सी से बँधा हुआ था। दो फर्लांग ट्रैक्टर के साथ उसे घसीटकर लाया था। उसके घरवाले, जूही और तीन भाई दरवाज़े के बाहर आ गये थे और मेरा बड़ा भाई ऊँची आवाज़ में कह रहा था–

''अपने रुस्तम को खोल लेना। ट्रैक्टर सुबह ले जाऊँगा। और अगली बार हमारा पानी काटा, तो इसकी लाश बाँधकर लाऊँगा।''

लेकिन उन लोगों ने अगली बार आने ही नहीं दी। भाई, सुबह मुँह–अँधेरे खेतों की ओर जा रहा था, तो मुँह पर कपड़ा बाँधे कुछ लोगों ने उसे घेर लिया। लाठियाँ चलीं, भाई का पहले सिर फटा, फिर उसकी दोनों बाँहें टूटीं और वे लोग ग़ायब हो गये थे। सुबह सूरज निकलने पर उसकी अधमरी जान को हमारे आदमी उठा लाये थे

माँ की चीख़ने की आवाज़ आ रही है। मैं भागकर बाहर निकलता हूँ। माँ छाती पीट–पीटकर स्यापा कर रही है, पिता जूही के चारों भाइयों को गालियाँ दे रहे हैं, लेकिन इन असहाय गालियों को सुनकर वे व्यंग्यपूर्ण ढंग से हँस रहे हैं। एक भाई ने आगे बढ़कर उनकी गर्दन पकड़ ली है। मैं बीच में कूद जाता हूँ। तभी दोबारा माँ की लम्बी चीख़ उभरती है–

''करम, बचना!''

मैं पीछे घूमता हूँ। हवा में लाठी लहराती है, मेरे सिर की ओर लपकती है। तभी माँ के दोनों हाथ लाठी और मेरे सिर के बीच आ जाते हैं। 'चटाख़' की आवाज़ के साथ उसकी दोनों कलाइयाँ टूट जाती हैं।

इसके बाद क्या हुआ? पास खड़े आदमी के हाथ से मैंने गँडासा छीन लिया था। मैं जूही के भाई की ओर घूम गया था, जिसने पीछे से मुझ पर वार किया था, माँ की कलाइयाँ तोड़ दी थीं। गँडासा ऊपर उठा था, मेरे दो सौ पौंड के शरीर के शक्ति ने उसे लहराया था और जूही के भाई का सिर 'खपच्च' की आवाज़ के साथ शरीर से कटकर दूर जा गिरा था।

और जूही को अब भी याद है कि तब दो साल बारिश नहीं हुई थी।

बिल्ली ने कहते हुए, गिरते हुए सिर का दृश्य देख लिया है। वह एक तेज़ गुर्राहट के साथ छलाँग लगाकर बाहर उछल गयी है।

दरवाज़े पर क़दमों की आहट हुई है। जूही का पति, मैनेजर और डॉक्टर आ गये हैं। डॉक्टर जूही की नब्ज़ पकड़कर देखता है। फिर सिर हिलाकर हाथ नीचे रख देता है। मैं सब समझ जाता हूँ। जूही की आँखें बन्द हैं। सदा बन्द रहेंगी। अब मैं कैसे बता सकता हूँ कि उन बन्द आँखों में दिसम्बर की सर्द हवा है या नहीं?

मैं उठता हूँ। बाहर चलूँ। प्रश्नों के प्रेतों से मुझे क्या लेना है? डॉक्टर के प्रश्न के उत्तर में जूही के पति के जवाब का एक शब्द मेरे कानों में पड़ता है–कैंसर।

और तभी मुझे अपने प्रोफ़ेसर की याद आ जाती है। उन्होंने अमरीका से कोई पत्रा न लिखा था। एक बार यीट्स की तीन कविता–पंक्तियाँ लिखकर भेजी थीं।

> कास्ट ए कोल्ड आई,
> ऑन लाइफ ऑन डैथ
> हॉसर्मन, पास बाई।

तब इन पंक्तियों का अर्थ समझ में नहीं आया था, आज आ गया है। मैनेजर उनके कमरे से लौट आया है। उसने रम के दो पैग दो गिलासों में डाले हैं। हम रम सिप कर रहे हैं। वह धीमी आवाज़ में कहता है–

''आपको बड़ी तकलीफ़ दी, बड़ा दुख दिया।''

''नहीं। मुझे कैसा दुःख?''

''क्योंकि मैं उसे जानता नहीं'' और मैं घुड़सवारों के साथ अपने कमरे की ओर बढ़ गया।

मुझे टॉफ़ियाँ अच्छी नहीं लगतीं

घर में बहुत सारे लोग आये हुए हैं। एक तरफ़ कोने में ज़मीन को गोबर से लीपा जा रहा है, पूजा की तैयारियाँ हो रही हैं। मैं अपने को बहुत महत्त्वपूर्ण महसूस कर रहा हूँ क्योंकि यह सब कुछ मेरे लिए किया जा रहा है। आज मुझे स्कूल में दाख़िल कराया जाना है। बड़ी बहन का आँचल पकड़ मैं खड़ा हुआ हूँ। आज बहुत कसकर उसके बालों की चोटियाँ माँ ने बनायी हैं और उसके माथे पर तेल चमक आया है। वह दूसरी क्लास में पढ़ती है और बड़ी तथा पढ़ी–लिखी होने के कारण मुझे प्रायः पीटती रहती है।

अचानक काणे नाई को मकान के अन्दर आते देखकर मैं डर गया। इसका यहाँ क्या काम? जब भी दुकान पर बाल कटवाने जाओ, कान काट देने के धमकियाँ देता है। एक तरह से परिवार का नाई है। जब सुबह दुकान पर जाता है तो बेरी के पेड़ के पीछे छिपकर हमेशा पूछता हूँ–''काणे, तेरा एक बाज़ार किसने बन्द कर दिया?'

माँ मुझे हाथों से पकड़ती है और लगभग घसीटकर नहाने की चौकी पर बिठा देती है। धमकी देती है कि आज के शुभ दिन मुझे रोना बिल्कुल नहीं है। काणां मेरे लम्बे–लम्बे बालों को हाथों में पकड़ लेता है। टीन का बक्सा खोलकर औज़ार देख रहा है। मुझे पता है, वह छोटी–सी मशीन निकालेगा और मेरी गर्दन को घुटनों तक झुकाकर बाल कतरना शुरू कर देगा, लेकिन नहीं। उसने तो आज उस्तरा उठा लिया है, जिससे हमेशा पिता जी की दाढ़ी बनाता है। ''पुत्तर, आज तेरा सिर साफ़ मैदान बन जायेगा, गुल्ली–डण्डा खेलने का मैदान!''

मैंने उसके हाथ को ज़ोर–से काट लिया। उसने गाली दी, लेकिन मेरा सिर उसके हाथ से छूट गया। मै भागकर दरवाज़े तक ही पहुँचा था कि माँ ने मुझे पकड़ लिया। उसने लगातार तीन–चार चाँटे मेरे मुँह पर

मारे, ''तू मर जाये। तेरे मुँह में कीड़े पड़ें। पहले नहीं कहा था कि आज कोई शरारत नहीं करनी। बाप पर गया है!''

नानी ने झट–से मुझे माँ के हाथों से छुड़ा लिया, ''तू बड़ी कुत्ती औरत है नी। घर में पूजा हो रही है और लड़के को इतनी गन्दी गालियाँ दे रही है।''

पिता जी मर्दों की भीड़ से उठकर वहाँ आ गये हैं। उनके माथे पर बल पड़े हुए हैं और बड़ी आँखें लाल हो रही हैं। मैं डर के मारे सहम जाता हूँ। हमेशा की तरह माँ को थप्पड़ों से, लातों से पीटना शुरू कर देंगे। मेरा दिल चाहता है, माँ को बहुत मारें, पाँव में पड़ी हुई चमड़े की जूती उतारकर उसे पीटें और ख़ून निकाल दें। उसने सबके सामने मुझे पीटा है।

पिता जी को मैंने मन्दिर जाते कभी नहीं देखा। बड़ी बहन मुझे समझाया करती है कि वह भगवान को नहीं मानते। माँ के साथ मैं रोज़ मन्दिर जाता हूँ, बरफ़ी और हलवे का परसाद खाता हूँ इसलिये मैं तो भगवान को मानता हूँ। फिर पुजारी पिता जी का दोस्त है, उसके साथ चौपड़ खेलता है, मुझे हमेशा बहुत परसाद देता है।

पिता जी गुस्से में कहते हैं कि मेरे सारे बाल काटने की कोई ज़रूरत नहीं। नानी उन्हें डाँट देती है। वह चुप हो जाते हैं। काणां उस्तरे के साथ मेरे सारे बाल काट देता है। सिर के नीचे रखा कपड़ा काले–काले बालों से भर गया है। मैं सोचता हूँ, पिता जी नानी से इतना क्यों डरते हैं? क्या वह उन्हें पीटती है? काणां कपड़ा समेट लेता है और 'चल गंजे' कहकर वहाँ से उठ जाता है।

घर में सब लोग मेरे सिर पर हाथ फेरते हैं और हँसते हैं। नानी उन्हें डाँटकर चुप करा देती है।

पूजा हो रही है। हवन का धुआँ मेरी आँखों में घुस रहा है और आँखों से पानी बह रहा है। माँ अब भी गुस्से में है। मुझे कोहनी मारकर कहती है कि कौन मर गया है जो रो रहा हूँ। पिता जी उसे डाँटते हैं, ''ज़ाहिल औरत, कभी तो मुँह बन्द किया कर। तेरा बाप रो नहीं रहा, उसे आँखों में धुआँ लग रहा है।''

पूजा ख़त्म हो गयी। नानी अपनी चुन्नी के कोने से एक रुपये का नोट निकालकर मुझे देती है। मैं बहुत ख़ुश हूँ। आज पहली बार मेरे

हाथ में रुपये का नोट आया है। माँ मुझे एक कोने में ले जाती है। मेरी मुट्ठी खोलकर रुपये का नोट छीन लेती है और मेरे हाथ में पाँच पैसे थमा देती है।

मैं पिता जी के साथ स्कूल पहुँच जाता हूँ। बड़ी बहन ने मुझे बताया है कि पिताजी स्कूल के हेडमास्टर हैं। लोग उन्हें 'संचालक' कहकर बुलाते हैं और सारे मास्टर और बच्चे उनसे बहुत डरते हैं।

स्कूल की घण्टी बज रही है। मैदान में लड़के–लड़कियाँ खेल रहे हैं। पिता जी को देखकर सब 'जय हिन्द' कहते हैं और कमरों में भाग जाते हैं। सारे मास्टर–मास्टरनियाँ पिता जी के कमरे में खड़े हैं। एक बूढ़ा मास्टर पिता जी से पूछता है, "यह आपका साहबज़ादा है?"

पिता जी 'हाँ' में सिर हिलाते हैं। आधी छुट्टी में बड़ी बहन से पूछूँगा कि साहबज़ादा क्या होता है? फिर वह मास्टरानी से कुछ बातें करते हैं। वह मुझे अपने पास खींच लेती है। उसने माँ की तरह सलवार–कमीज़ नहीं पहनी हुई न ही उसके बालों से सरसों का तेल चू रहा है। मुझे अच्छी लगती है। वह मेरा सिर अपने नंगे पेट के साथ लगा लेती है। बड़ी गुदगुदी हो रही है। दिल करता है, उसके पेट को दाँतों से काट लूँ। फिर डर जाता हूँ। बड़ी बहन ने बताया हुआ है कि स्कूल में शरारत करने पर डण्डे से पीटा जाता है।

मैं उसके साथ कमरे में पहुँच जाता हूँ। नीचे टाट बिछे हुए हैं। लड़के–लड़कियाँ 'बहनजी' के आने पर उठ ठहरे हैं। मुझे देखकर सब एक आवाज़ में 'गंजा' कहते हैं और ज़ोर–से हँस पड़ते हैं। बहनजी उन सबको बहुत डाँटती हैं। वह क, ख पढ़ाती हैं, मैं चुपचाप बैठा रहता हूँ। ऊँह! यह सब तो मुझे आता है। बड़ी बहन ने पहला क़ायदा तो मुझे घर में पढ़ा रखा है।

मैं 'क' से कबूतर और 'ख' से ख़रगोश, सब–कुछ लिखकर बहनजी को दिखाता हूँ। वह बहुत ख़ुश होती है और मुझे क्लास का प्रधानमन्त्री बना देती है।

आधी छुट्टी की घण्टी में मैं बाहर निकलता हूँ। गोलगप्पे की छाबड़ी के सामने खड़ा होता हूँ। क्लास का पहला प्रधानमन्त्री मेरे पास आ खड़ा होता है।

''गंजे, मुझे भी गोलगप्पे खिला।'' ''नहीं खिलाता।'' मुझे गुस्सा आ जाता है। वह मेरा हाथ पकड़कर पैसे छीन रहा है, मैं उससे हाथ छुड़ाना चाहता हूँ, पर वह बहुत मोटा है। मैं उसे लात मारता हूँ। वह मेरा कान खींच रहा है। छाबड़ी वाला उस मोटे को डाँटता है, 'मोटू, तुझे पता नहीं, यह संचालक का लड़का है।''

मोटू एकदम मुझे छोड़ देता है। उसका चेहरा छोटा–छोटा हो गया है। मैं उसे चाँटा मारता हूँ, मुक्का मारता हूँ और वह आगे से मुझे कुछ नहीं कहता। लड़के चुपचाप खड़े लड़ाई देख रहे हैं। तभी बहनजी आकर मुझे अपने साथ कमरे में ले जाती हैं। हम दोनों पिताजी के कमरे में पहुँच जाते हैं। बहनजी एक डिब्बे से रोटियाँ निकालती हैं, छोटे–छोटे दो डिब्बे और खोलकर सब्ज़ियाँ बाहर निकालकर रखती हैं। पिता जी हँस पड़े हैं, बहनजी हँस रही हैं और मैं हँस रहा हूँ। रोटी बड़ी अच्छी लग रही है। सब्ज़ी में ख़ूब मिरची है। मज़ा आ रहा है। माँ कितनी गन्दी रोटी बनाती है! एक दाल और बड़े–बड़े फुल्के। हर वक़्त कैसे गालियाँ निकालती है? पिता जी से कितना ऊँचा बोलती है? बहनजी की तरह हँसकर बातें नहीं करती। पिता जी कितने खुश हैं?

सारी छुट्टी हो जाती है। मोटा मेरे पास आ जाता है और मुझे अपने साथ पेड़ों के पास ले जाता है। हम दोनों आम के पेड़ पर चढ़ जाते हैं। वह मेरा दोस्त बन गया है।

मैं आम का पत्ता तोड़कर खाना शुरू कर देता हूँ।

''मत खा, मत खा!''

''क्यों न खाऊँ?''

''आम के पत्ते खाने से पेट मोटा हो जाता है।''

''तो क्या हुआ?''

''फिर पेट में बच्चा बन जाता हैं।''

मैं झटपट पत्ता थूक देता हूँ। माँ का पेट आजकल बहुत मोटा है। पत्ते खाती होगी। उसे मना करूँगा।

घर जाते ही माँ बड़े प्यार से अपने पास बिठा लेती है। दोपहर की बासी रोटी, अचार और चाय के साथ खाने को देती है। मुझे बिल्कुल अच्छी नहीं लगती। मैं उसका पेट देखे जा रहा हूँ। फिर उसे कहता हूँ, ''तुम आम के पत्ते खाती हो ना?''

''क्यों, तुझे किसने कहा?''

''तभी तेरा पेट मोटा हो गया है। अब तुझे बच्चा पैदा होगा ना?''

माँ ज़ोर का थप्पड़ मारती है।

''हरामी, पहले दिन स्कूल गया है और ऐसी गन्दी बातें सीख आया है। यही पढ़ाई होती है? आने दे बाप को। पूछूँगी उससे!'

बड़ी बहन आकर मुझे माँ से छुड़ाती है। मैं उससे भी माँ के मोटे पेट के बारे में बात करता हूँ तो मुझे डाँट देती है। फिर बहन को धीरे–से बताता हूँ कि वह कभी आम के पत्ते न खाये, नहीं तो माँ की तरह उसका पेट भी मोटा हो जायेगा। वह डर जाती है। मुझे बताती है कि आज ही उसने एक पत्ता चबाया है। अब क्या होगा? अच्छा, कल मोटू से पूछूँगा।

रात को पिता जी देर से घर आये हैं। वह बहुत ख़ुश हैं। मुझे और बहन को अपने पास बिठा लेते हैं। अपनी जेब से मुट्ठी भर पैसे निकालकर हम दोनों को देते हैं। मुझे पता है, पिता जी शराब पीकर आये हैं। जब भी वह शराब पीकर आते हैं, मैं बहुत ख़ुश होता हूँ। मुझे ख़ूब प्यार करते हैं, पैसे देते हैं। पता नहीं माँ उनसे झगड़ा क्यों करती है? ख़ुश क्यों नहीं होती? दोनों ऊँचा–ऊँचा बोलते हैं। फिर पिता जी उसे पीटते हैं, मुझे अच्छा लगता है। पिता जी उससे मेरा बदला जो लेते हैं।

हम सब एक ही कमरे में सोते हैं। मैं आँखें बन्द करके स्कूल के बारे में सोच रहा हूँ। कितना मज़ा आता है! मोटू और दूसरे लड़के मुझसे डरते हैं। पिता जी संचालक जो हैं। थोड़ी देर के बाद माँ की आवाज़ आती है, ''परे हटो, अभी छोटू सोया नहीं।''

''नहीं, सो गया है।'' फिर अँधेरे में पिता जी उठकर माँ की चारपाई पर चले जाते हैं। हुँ! पिता जी को वहाँ एक ही चारपाई पर नींद कैसे आती है? घर में कोई आ जाये तो बड़ी बहन मेरे पास सोती है। मुझे तो बिल्कुल नींद नहीं आती। टाँगें मारती रहती है। सुबह माँ से पूछूँगां, पर नहीं। वह पीट देगी। आज मोटे पेट की बात पूछी थी तो ज़ोर–से चाँटा मारा।

दूसरे दिन आधी छुट्टी में फिर हम सबने खाना खाया। खाने के बाद बहनजी ने अपना बटुआ खोलकर काग़ज़ में लिपटी चौकोर गोलियाँ मुझे दीं।

''यह क्या है?''

''यह टॉफ़ियाँ हैं। खाओ। बड़ी स्वादी होती हैं।''

मैंने एक गोली मुँह में डाल ली। बहनजी ने झट मेरा मुँह खोलकर उँगली से टॉफ़ी बाहर निकाल ली। फिर उसने ऊपर से काग़ज़ उतारा। भूरे–भूरे रंग की गोली मेरे मुँह में डाल दी। मैं चबाकर फट–से खा गया। पिता जी ने हँसकर बहनजी से कहा, ''अभी छोटा है न। इसे पता नहीं, कुछ काम कपड़े उतारकर किये जाते हैं।''

दोनों बहुत ज़ोर से हँसे। पिता जी संचालक बन गये हैं, पर कितने बुद्धू हैं! टॉफ़ियों ने कपड़े थोड़े पहने हैं? उन पर तो काग़ज चढ़ा है। 'काग़ज़ उतारकर' कहना चाहिए था, कपड़े नहीं।

स्कूल बन्द होने पर मैंने बड़े लड़कों के साथ फुटबाल खेला। कप्तान ने लकड़ी के दो बड़े डण्डों के सामने फुटबाल रखा। मुझे ज़ोर से पैर मारने को कहा। मैंने पैर मारा। सारे लड़के चिल्लाये–'गोल'। मैं ख़ुश–ख़ुश बाहर आ गया। सारे रास्ते 'गोल–गोल' कहता हुआ घर पहुँचा।

माँ ने फिर दिन की रोटी मेरे सामने रखी। मैंने थाली और पानी के गिलास के बीच दाल की कटोरी रख दी। उठकर खड़ा हो गया और कटोरी को ज़ोर–से पाँव मारा। कटोरी थाली और गिलास के बीच में से पार निकल गयी। मैं ज़ोर–से चिल्लया–''गोल!'' माँ भागकर अन्दर आ गयी। दाल जमीन पर डुल गयी है। माँ मेरी ओर झपटती है, मेरी कमीज़ पकड़कर दाल गिराने पर पीटती है।

''अन्न को पाँव मारता है? तेरी टाँगों में कीड़े पड़ जायेंगे।''

वह फिर से कटोरी में दाल ले आती है। मुझे फ़ीकी दाल अच्छी नहीं लगती। खाने से इनकार कर देता हूँ।

''मुझे भूख नहीं!''

''क्यों नहीं?''

''मैं बहनजी के पास रोटी खा आया हूँ?''

फिर माँ को सारी बात बताता हूँ। कैसे आधी छुट्टी में पिता जी, बहनजी और मैं साथ–साथ खाना खाते हैं। माँ मुझे कुछ नहीं कहती। उसकी आँखों में आँसू आ जाते हैं। मैं सोचता हूँ, इसमें रोने की क्या बात है? फिर बहन को बुलाकर पूछती है कि पिता जी स्कूल बन्द होने पर कहाँ जाते हैं? वह बताती है कि स्कूल वाली बहनजी के साथ उनके घर जाते हैं।

रात को पिता जी और माँ में बहुत झगड़ा होता है।

''मेरे बेटे को उस हरामज़ादी को खाने खिलाते हुए शर्म नहीं आती? जैसे ख़ुद हो वैसा उसे बनाओगे? मुझे गर्म तवे पर बिठा रखा है। यह भी बड़ा होकर यही कुछ करेगा!'' पिता जी माँ को रबड़ की चप्पल से पीटते हैं। ठीक किया है। बहनजी को गालियाँ देती है।

दूसरे दिन भी बहनजी ने मुझे टॉफ़ियाँ दीं। कुछ मैंने खा लीं। दो टॉफ़ियों के काग़ज़ उतारकर जेब में रखी लीं। बड़ी बहन को खिलाऊँगा।

घर पहुँचा तो जेब चिप–चिप कर रही थी। गरमी के कारण टॉफ़ियाँ लेस बन गयी थी। माँ ने कमीज़ की गन्दी ज़ेब देख ली। अन्दर उँगली डालकर पिघली टॉफ़ियाँ बाहर निकालीं। उँगली को लेस लग गयी है। उसने पूछने पर बताया कि यह टॉफ़ियाँ हैं। बहनजी रोज़ देती हैं। मुझे टॉफ़ियाँ अच्छी लगती हैं। माँ ने आज पीटा नहीं। मुझे समझाया कि बहनजी से टॉफ़ियाँ न लूँ। वह गन्दी औरत है। जादूगरनी है। मैं डर गया। नानी ने जादूगरनी की कहानी बतायी थी कि वह आदमी को बकरा बना दती है।

दूसरे दिन जब बहनजी ने बटुआ खोलकर टॉफ़ियाँ दीं तो 'न' नहीं कर सका। कितने स्वादी हैं? अब स्कूल में ही खा लिया करूँगा। माँ को बताऊँगा नहीं।

आजकल घर वापस पहुँचो तो माँ हर समय माथे पर दुपट्टा बाँधकर लेटी रहती है। उसके सिर–दर्द होता है। मुझे आजकल बिल्कुल पीटती नहीं है। उससे अब बहुत डर लगने लग गया है। पिता जी रोज़ घर देर से लौटते हैं, माँ की उनसे लड़ाई होती है। वह उसे पीटते हैं मुझे बुरा लगता है। जब बहनजी से हँसकर बातें करते हैं, ख़ुश रहते हैं, तो माँ को क्यों पीटते हैं? उससे हँसते क्यों नहीं?

आजकल माँ मुझसे बहुत बातें करती है। कहती है, उसका दिल घटता है। दिल घटने की बात मेरी समझ में नहीं आती। वह छाती के पास हाथ रखकर बताती है कि यहाँ दर्द होता है। अब वह चुप रहती है। पिता जी और माँ बोलते नहीं। वह उनके देर से आने पर सामने खाना रख देती है, वह चुपचाप खा लेते हैं। मैं रात को देर तक जागता रहता हूँ। अब पिता जी माँ की चारपाई पर उठकर नहीं जाते। गर्मी में वहाँ उन्हें शायद नींद नहीं आती होगी।

मैं स्कूल से घर पहुँचता हूँ। कमरे में बहुत सारे लोग खड़े हैं। माँ हाथ–पैर पटक रही है। उसके मुँह से थूक गिर रही है। नानी कहती है, उसे दौरा पड़ा है। छोटी बहन माँ के पास खड़ी हो रही है। नानी पूछती है कि मैंने अपनी स्कूल वाली बहनजी का घर देखा है? मैं 'हाँ' में सिर हिलाता हूँ। वह कहती है–''जाकर वहाँ से पिता जी को बुला लाओ।''

मैं दौड़ता हुआ बहनजी के घर पहुँचता हूँ। उसकी बूढ़ी माँ बाहर आँगन में बैठी है।

''पिता जी कहाँ हैं?''

वह मेरा हाथ खींचकर अपने पास बिठाती है। कमरे के बाहर पड़ी हुई पिता जी की जूती मैं पहचान लेता हूँ। मैं झटके के साथ हाथ छुड़ाकर अन्दर पहुँच जाता हूँ।

पिता जी एकदम बहनजी की चारपाई से उठते हैं। बहनजी खड़ी होकर सलवार पहन रही हैं। माँ भी ऐसे ही सलवार पहनती है, जब रात को पिता जी उसकी चारपाई से उठते हैं।

और फिर, बिना कोई बात पूछे पिता जी मुझे पीटना शुरू कर देते हैं। आज उन्होंने पहली बार मुझे मांरा है। बहनजी खड़ी–खड़ी देख रही है। मुझे पिता जी से छुड़ा नहीं रही। बूढ़ी आकर पिता जी को परे करती है।

''छोड़ो, अब इसे मार डालोगे क्या? इतना गुस्सा आता है तो मुँह पर कालिख क्यों मलते हो!'' मैंने आँसू भरी आँखें उठाकर पिता जी के चेहरे पर देखा। नहीं, उन्होंने कालिख तो कहीं नहीं मली। बूढ़ी झूठ बोलती है।

पिता जी मुझे रिक्शा में बिठाकर घर ले आते हैं। माँ अब ठीक हो चुकी है। हकीम कोई दवाई लाने को कहता है। वह बाज़ार से दवाई लेकर वापस आते हैं। मुझे पास बिठा लेते हैं। जेब में हाथ डालकर बहुत सारी टॉफ़ियाँ निकालते हैं और मेरे हाथ पर रख देते हैं।

टॉफ़ियाँ देखकर मुझे गुस्सा आ जाता है। बहनजी टॉफ़ियाँ देती हैं। उनके घर गया, और उस मास्टरनी के पीछे पिता जी ने मुझे मारा। मैं सारी टॉफ़ियाँ नीचे फेंक देता हूँ।

''यह क्या!'' पिता जी पूछते हैं।

''मुझे टॉफ़ियाँ अच्छी नहीं लगतीं!'' और मैं कंचे खेलने के लिये बाहर चला आता हूँ।

पापी पेट

वह एक भूखे कुत्ते की तरह शिस्त बाँधकर, टकटकी लगाकर पिछले कई मिनटों से उस छोले–कुल्चे खा रहे आदमी को देख रहा है। उस आदमी का हाथ छोटी थाली जितना बड़ा है, जिस पर उसने छोलों का पत्ता टिका रखा है। वह गाड़ी के डिब्बे की खिड़की के पास ही किस स्प्रिंग की तरह जिस्म को तानकर खड़ा है। सात साल की आयु में ही लगातार भूख ने उसे चौकस, चौकन्ना और मौक़ा शिनास बना दिया है। लड़के ने पहले से ही उस कोण का अन्दाज़ा लगा लिया है, उस दूरी को आँखों–आँखों में माप लिया है, जहाँ वह आदमी पत्ता गिरायेगा।

उस आदमी की निगाह एक क्षण के लिए लड़के की भूखी और प्रतीक्षारत आँखों से मिल गयी। शायद उसे पाप अथवा घृणा का एहसास हुआ। उसने और तेज़ी के साथ कुल्चे–छोले खाने शुरू कर दिये। कुल्चे की एक टूटती गिराही जब–जब उस आदमी के मुँह में जाती थी, तब–तब लड़के के दिन पर जैसे चाकू का एक–एक घाव हो जाता था। उस आदमी ने कुल्चे ख़त्म कर दिये, लम्बी–सी उँगली को पत्ते पर फेरकर सारे छोले एक किनारे पर ले आया और पत्ते के दोनों किनारों को मोड़कर उसने हाथ ऊपर उठाकर सारे छोले मुँह में डाल लिये। लड़के का दिल बिल्कुल बैठ गया। हाथ लम्बा करके उस आदमी ने पत्ता प्लेटफ़ॉर्म पर फेंक दिया। एक झटके के साथ वह पीठ मोड़कर बैठ गया। शायद लड़के की भूखी आँखों की ताब लेना उसके लिए कठिन हो गया था।

लड़के के जिस्म का स्प्रिंग और कस गया। उसने छोटी–सी छलाँग लगाकर पत्ता उठा लिया। चनों का थोड़ा–सा पानी पत्ते पर लगा हुआ था। किसी छिपकली की तरह बड़ी तेज़ी से ज़बान बाहर–अन्दर करते हुए उसने पत्ता चाट डाला। एक लम्बी सीटी की आवाज़ हुई। स्टेशन की छत के अन्दर बैठे सैकड़ों पक्षी काँय–काँय की आवाज़ों के साथ

छोटे–छोटे दायरों में उड़े और गाड़ी बड़ी मरियल गति से प्लेटफ़ॉर्म पर से सरक गयी।

रोज़ की तरह लड़का छोले–कुल्चों वाले की रेहड़ी के पास जा ठहरा। वह जूठी प्लेटें और गिलास धोयेगा, बाल्टी में साफ़ पानी भर लायेगा और रेहड़ीवाला उसे एक कुल्चा देगा। अब लड़का अपने एक पाँव से दूसरी टाँग खुजलाता हुआ छोलेवाले को देखे जा रहा है। वह कुछ बोलता नहीं। दुकानदार को पता है, लड़का पास खड़ा है, लेकिन वह चाहता है कि लड़का अपने–आप वहाँ से चला जाये। आख़िर खीझकर बोला–

''भाग जा। कुछ नहीं धुलने का।''

लड़का सिर झुकाये अपने स्थान पर खड़ा है।

''सुना नहीं? कानों में रूई डाल रखी है क्या? सारी गाड़ी में सिर्फ़ दो सवारियों ने कुल्चे–छोले लिये, बर्तन कौन से तू धोयेगा?''

लड़के का सिर कुछ और झुक गया है।

''ओये माँ दे यार! भागता है कि दूँ एक हाथ?'' लड़के ने सिर उठाकर उसे देखा। उसे पता है, किस सीमा पर आकर लोगों का सब्र टूट जाया करता है और फिर वे उसे पीट दिया करते हैं। वह बड़े थके हुए क़दमों से आगे बढ़ गया।

स्टेशन पर लगी हुई बत्तियाँ जल उठी हैं। लड़के को पता चल जाता है, अब रात हो गयी है, घर लौटना चाहिए! लेकिन अभी उसने दो जगह और जाना है। अब वह चाय वाले की रेहड़ी के पास खड़ा है। चायवाला पत्ती एक डिब्बे में फेंका करता है। रोज़ शाम को लड़का यह इस्तेमाल की हुई पत्ती घर ले जाता है। इसे फिर से उबालकर वो लोग चाय बना लिया करते हैं। उसके हाथ डिब्बे की ओर बढ़ते हैं, तभी चायवाला डाँटकर कहता है–

''परे हट! बाप का माल समझ रखा है? साले सारे भुक्खे–नंगे इसी स्टेशन पर जमा हो गये हैं।''

लड़का फिर उस डिब्बे की ओर हाथ बढ़ाता है। वह इन गालियों का आदी हो चुका है। उसे पता है, देने वाला पहले गालियाँ ज़रूर दिया करता है। चायवाला गरज पड़ता है–

''क्यों, सुणदा नहीं क्या? भाग। पत्ती कल ले जाना। मैं अब दो बार चाय बनाकर पत्ती फेंका करूँगा।''

लड़का वहाँ से भी सरक पड़ा है। गर्मी की हवा का एक भूला–भटका झोंका आया। एक छोटा–सा सफ़ेद लिफ़ाफ़ा प्लेटफ़ॉर्म पर लड़खड़ाकर भागने लगा। लड़के के चेहरे पर मुस्कान आ गयी। उसने दौड़कर वह ख़ाली लिफ़ाफ़ा उठा लिया। उसे मुँह के साथ लगाकर हवा भरी, लिफ़ाफ़ा छोटा–सा गुब्बारा बन गया। फिर उसने एक मुक्का फूले हुए लिफ़ाफ़े पर मारा। 'ठाँय' की आवाज़ के साथ लिफ़ाफ़ा फट गया। वह ख़ुश हो गया। सारी गालियाँ भूलकर गोदाम की ओर चल पड़ा।

अनाज की बोरियाँ इस गोदाम में रखी जाती हैं। फिर मालगाड़ी पर चढ़ाकर जाने कहाँ भेज दी जाती हैं। इस उतारने–चढ़ाने में गेहूँ के दाने बोरियों से निकलकर गोदाम में फ़र्श पर गिर जाते हैं। लड़का दोनों हाथों से यह दाने बुहारकर कमीज़ के अगले हिस्से को थैला बनाकर उसमें डाल लिया करता है। उसे आज तक पता नहीं चला कि माँ कैसे इन दानों को पहले आटे में और फिर रोटी में बदल देती है। गोदाम में हमेशा पुलिस के दो सिपाही पहरे पर होते हैं। एक लम्बा–पतला है, बाँस की तरह। उसकी लम्बी–लम्बी मूँछें हैं। लड़के ने उसका नाम 'मुच्छल' रखा हुआ है। जब वह फ़र्श पर बैठकर दानें बुहार रहा होता है तो मुच्छल हमेशा उसकी पीठ पर लात जमाया करत है। उसका दूसरा सिपाही साथी बिल्कुल गोल–मटोल है। लड़के ने उसका नाम 'मटका' रखा हुआ है। मटका हमेशा मुच्छल को इसे लात मारने से रोकता है। लड़के को इसीलिए मटका अच्छा लगता है। सिपाहियों के हाथों में हमेशा लम्बी–लम्बी लाठियाँ होती हैं, जिनके सिरों पर लोहा जड़ा रहता है। वे गोदाम के दरवाज़े के पास पड़ी चारपाई पर बैठे बीड़ियाँ पीते रहते हैं।

लेकिन बरामदे में पहुँचते ही लड़का ठिठक गया। आज दोनों पुलिसिये दरवाज़े पर खड़े थे और उनके हाथों में बन्दूक़ें थीं। बन्दूक़ों के सिरे पर चाकू की तरह लम्बा तेज़ लोहा लपलपा रहा था। लड़का आगे बढ़ा। मुच्छल ने हाथ के इशारे से उसे आगे बुला लिया। लड़का दरवाज़े के पास, उन दोनों के क़रीब आकर ठहर गया। मुच्छल ने बन्दूक़ सीधी, लम्बी कर दी है। चमकता लोहा लड़के के गले से एक इंच दूर है।

"पता है, इसे क्या कहते हैं।?"

लड़के ने 'नहीं' में सिर हिलाया।

"संगीन। साले, यह संगीन है। ज़रा–सा दबा दूँ तो तेरे गले के आर–पार हो जाये।"

लड़के की टाँगें काँप रही हैं। उसे लगता है कि उसका पेशाब निकला कि निकला।

''परे कर ओये। क्यों छोटे बच्चे की जान निकाल रहा है?''

और मटके ने हाथ बढ़ाकर मुच्छल की संगीन लगी बन्दूक़ परे कर दी।

लड़का मुँह उठाकर दोनों तरफ़ देख रहा है।

कौन अन्दर जाने के लिये कहेगा?

''गेहूँ लेना है?''

''हाँ!'' लड़के ने सिर हिलाया।

''फिर जा अन्दर, बहन के यार। मुँह क्या देखता है!?''

लड़के का पहला क़दम अन्दर पड़ते ही मुच्छल ने उसको पीछे से बालों से पकड़ लिया। उसने लड़के की गर्दन में पंजा फँसाकर झटके–से उसका चेहरा अपनी ओर कर लिया। फिर उसने मोटी–मोटी दो उँगलियों से लड़के की नाक का सिरा पकड़कर ज़ोर–से मसल दिया, दबा दिया। लड़का चीख़ रहा है, मुच्छल और ज़ोर–से उसकी नाक दबाये जा रहा है। उसने झटका देकर लड़के को ज़मीन पर गिरा दिया। लड़का अब पिटे हुए कुत्ते की तरह 'कीं–कीं' आवाज़ किये जा रहा है। मुच्छल ने गरजकर कहा–

''कुत्ते के बीज! तुझे पता नहीं आजकल स्टेशन पर आना मना है? मादर... गोदाम में आते हैं। गोदाम से चोरी करेगा? तेरे पोट में संगीन गाड़ दूँगा, संगीन।'' लड़का गठरी बना हुआ ज़मीन पर लेटा है। अब उसने रोना बन्द कर दिया है। वह और मुच्छल, दोनों हैरान हैं कि आज मटका बीच–बचाव क्यों नहीं कर रहा?

''तेरी बहन क्या करती है?'' मटके ने बारीक़ आवाज़ में पूछा।

''कोयले चुनती है।''

''ओ कंजर के बीज! वह रेलवे लाइन पर गयी तो टाँगें चीरकर रख देंगे। तुझे पता नहीं इन दिनों लाइन पर घूमना मना है।''

लड़का और मुच्छल, दोनों उसकी अगली बात सुनने की प्रतीक्षा में हैं।

''जा, घर भाग जा। बहन को साथ ले आ। थैला भी लेते आना। वह गन्दम भरकर ले जायेगी। तुझसे तो थैला भी नहीं उठेगा।''

मुच्छल हैरानी से उसकी ओर देखता है। मटका जवाब में आँख दबाकर मुस्करा देता है। मुच्छल की बाँछें खिल जाती हैं।

लड़का गेहूँ मिलने की उम्मीद में तेज़ी–से घर की ओर भागा जा रहा है। स्टेशन के बाहर बड़े पुल के नीचे बनी झोंपड़ियों में वह पहुँच जाता है। अँधेरा घिर आया है। वह छलाँग लगाकर बड़ा नाला पार करता है और झोंपड़ी के अन्दर पहुँच जाता है।

माँ ज़मीन पर लेटी है। उसकी कटी टाँग पर कीचड़ जैसी मैली पट्टी बँधी है। आस–पास मक्खियाँ भिनभिना रही हैं। बहन तीन ईंटों के चूल्हे के मुँह के बराबर सिर ज़मीन पर रखे ज़ोर–ज़ोर से फूँकें मारकर आग जला रही है।

''गेहूँ लाया?'' माँ ने कड़ककर पूछा–''नहीं?...तो हरामी सारा दिन क्या करता रहा? लड़कों के साथ खेलता रहा? तुझे पता नहीं दो दिन से कुछ खाया नहीं?''

माँ एक टाँग के सहारे मेढक की तरह उछलकर बैठ गयी। उसने अपनी चिमटे जैसी उँगलियों में लड़के की कलाई पकड़कर उसे अपनी ओर घसीट लिया। अब वह उसे एक लात से, दोनों हाथों से ताबड़तोड़ मारे जा रही है।

लड़की ने चूल्हा फूँकना छोड़ दिया है। वह झपटकर माँ के हाथों से भाई को छुड़ा लेती है। माँ अब उसकी ओर मुँह मोड़कर कहती है–

''हरामज़ादी, तू बीच में मत आ। तुम दोनों एक जैसे हो। सारा दिन बाहर भटकती रही और एक कोयला चुनकर भी नहीं लायी।''

पहले माँ कोयले चुना करती थी। रेल के पहिये के नीचे आकर टाँग कट गयी तो लड़की ने यह काम सँभाल लिया। कोयले बेचकर थोड़ा–बहुत नमक–मिर्च का ख़र्चा चलता है।

''तुझे सौ बार बताया है, पुलिसवाले आजकल लाइन पर नहीं जाने देते।'' लड़की ने तमककर जवाब दिया।

पुलिस का नाम सुनकर लड़के को याद आ गया है।

''माँ!''

''क्या है?''

''इसे मेरे साथ गोदाम भेज दो।''

''क्यों?''

''पुलिसवाला कहता था, बहन को साथ ला। थैला भरकर कँणक दूँगा।''

माँ चुप है। लड़का–लड़की दोनों उसकी ओर देख रहे हैं। वह लड़की के शरीर के प्रत्येक अंग को खोजभरी आँखों से देख रही है। अभी बारह साल की है। औरत होने के निशान भी नहीं दिख रहे। पहले वह सोचती है, न कह दे। लड़की छोटी है। फिर सोचती है, आज नहीं तो कल यह होना ही है। उसकी अपनी सारी उमर ऐसे ही बीती है।

''मुँह–हाथ धो ले। थैला लेकर भाई के साथ जा।''

लड़की बाहर जाकर नलके से मुँह धो आयी है।

लड़का थैला उठाकर पहले से तैयार खड़ा है। माँ लड़की को कहती है–

''देख. वहाँ शोर मत मचाना।''

''शोर क्यों मचाऊँगी?''

''अच्छा, जा। दफ़ा हो!'' और माँ करवट बदलकर लेट गयी।

दोनों भागते हुए, बाहर के रास्ते से गोदाम के दरवाज़े पर पहुँच गये हैं। मटका लड़के को बुलाकर पुछता है–

''कुल्चे–छोले खायेगा?''

लड़का डर के मारे 'हाँ' भी नहीं करता। यह आज पुलिसवालों को क्या हो गया है? मटका जेब से बीस पैसे निकालकर उसकी हथेली पर रखता है।

''जा, पुत्तर। स्टेशन पर जाकर कुल्चे–छोले खा। ऐश कर।''

लड़का पैसे लेकर मुँह में रोटी दबाये हुए कुत्ते की तरह वहाँ से भाग खड़ा हुआ। मुच्छल लड़की के पास आ गया है।

''उस्ताद, बहुत छोटी है।'' मुच्छल।

'फ़िकर न कर, कच्चे आमों का स्वाद देगी।'' मटका।

''पर मैं यह कहता हूँ यह छोटी है। सह लेगी।?''

''तू यहीं ठहर। मैं दस मिनट में अन्दर ले जाकर इसे बड़ी कर देता हूँ।''

मटका उसे हाथ पकड़कर अन्दर ले गया है। मालगाड़ी का इंजन गोदाम के पास वाली रेल लाइन पर शंटिंग कर रहा है। उसकी आवाज़ और सीटियों में शोर का गदर–कुहराम मच गया है?

लड़का कुल्चे–छोले खाकर लौट आया है। मटका बाहर चारपाई पर बैठा बीड़ी पी रहा है। लड़का हैरान है, मुच्छल कहाँ गया है।

''ले, बीड़ी पी।'' मटके ने सुलगती हुई बीड़ी लड़के के हाथ में थमा दी। लड़का बड़ी तृप्ति से कश ले रहा है।

मुच्छल बाहर आ गया है। हमेशा गुस्से से भरा उसका चेहरा अब नरम है, ख़ुश है।

''उस्ताद, मज़ा आ गया।''

''चल, बड़–बड़ न कर। इसका थैला भर दे।'' मटका बोला।

मुच्छल लड़के को लेकर गोदाम के अन्दर जाता है। लड़का देखता है, बहन फ़र्श पर लेटी है। उसे गुस्सा आ जाता है, मज़े से लेटी है। यह नहीं कि फ़र्श पर से गेहूँ चुने। अब सारा काम उसे करना पड़ेगा।

लड़का फ़र्श पर बैठकर छोटे–छोटे हाथों से गेहूँ चुनने लग पड़ता है। मुच्छल उसे रोक देता है। फिर मुच्छल बन्दूक़ ऊपर उठाता है। 'खच्च' की आवाज़ के साथ संगीन गेहूँ से भरी बोरी के अन्दर घुस जाती है। वह संगीन बाहर निकाल लेता है। बोरी में हुए छोटे–से सूराख़ से पानी की पतली धार की तरह गेहूँ बाहर गिर रहा है। मुच्छल उसके हाथ से थैला लेकर धार के नीचे रख देता है। चन्द मिनटों में थैला भर जाता है।

बहन बाहर खड़ी है। दोनों घर की तरफ़ चल देते हैं।

''तेज़ चल।'' लड़का।

बहन धीरे–धीरे लड़खड़ाकर चल रही है। एक क़दम के बाद ज़मीन पर दूसरा क़दम रखने में उसे तकलीफ़ हो रही है। लड़का आगे जाकर ठहर गया है। बहन पास पहुँच जाती है।

''तू तेज़ क्यों नहीं चलती?''

बहन क्षण–भर के लिए उसे घूरकर देखती है और फिर पूरे ज़ोर के साथ उसके मुँह पर थप्पड़ दे मारती है। लड़का इतना सहम गया कि रोता तक नहीं।

झोंपड़ी में पहुँचकर लड़की कटे हुए पेड़ की तरह नीचे गिर जाती है। वह थोड़ी–थोड़ी देर के बाद दोनों टाँगों को साथ जोड़कर दबाती है, कराह उठती है। माँ घिसटकर चूल्हे के पास पहुँच गयी है। उसने लकड़ी से चूल्हे की गर्म ईंट को ठोकर मारकर परे गिरा दिया। फिर उसने

ईंट को कपड़े में लपेट लिया। घिसटकर लड़की के पास आ गयी है। वह कपड़े में लिपटी गर्म ईंट को लड़की की टाँगों के बीच रखती है, उठाती है। फिर रखती है। फिर उठाती है। माँ का हाथ लगते ही लड़की फूट–फूटकर रोना शुरू कर देती है। बहन को रोती देखकर लड़के को गुस्सा आ जाता है। माँ पागल हो गयी है। इतनी गर्म ईंट लगा रही है, बहन को दर्द तो होगा ही।

दो दिन में गेहूँ से भरा हुआ थैला ख़त्म हो गया है। लड़की सारा दिन फ़र्श पर लेटी रहती है। माँ तीसरी शाम को लड़के के हाथ में थैला थमाकर कहती है–

''जा, गोदाम से कणक ले आ।''

''नहीं जाऊँगा। बहन को साथ भेजो।''

''बकवास मत कर। जा, भागकर कणक ले आ।''

''नहीं जाऊँगा। अकेला जाता हूँ तो पुलिसवाले मारते हैं। इसे साथ भेज। यह साथ होती है तो कुल्चे–छोले खाने को पैसे देते हैं।''

लड़का भागकर झोंपड़ी के दरवाज़े पर जा ठहरा है। वह जानता है कि एक टाँगवाली माँ उसे पकड़ नहीं सकती, पीट नहीं सकती।

माँ अब चालाकी से काम लेती है।

''देख, बहन बीमार है। उठ नहीं सकती। पुलिसवालों से कहना, ठीक हो जायेगी तो तेरे साथ आया करेगी।''

बात लड़के की समझ में आ गयी। उसे पता है, दो दिन से बहन ज़मीन पर से उठी तक नहीं।

वह गोदाम में पहुँच गया है। उसे देखते ही मुच्छल पूछता है–

''बहन कहाँ मर गयी तेरी? साथ क्यों नहीं आयी?''

''बीमार है।''

''मादर...झूठ बोलता है।'' मुच्छल पीटने के लिये उसकी ओर लपका। मटके ने बीच में उसे रोक लिया।

''सच कहता है ओये। साले बीमार तो होगी ही। कैसी अनाड़ियों वाली बातें करता है।''

मटके के बीच–बचाव से लड़के को हौसला हो गया है।

''माँ कहती है, ठीक हो जायेगी तो मेरे साथ उसे भेजेगी।''

तीनों चुप हैं। मुच्छल की आँखों में आग जल रही है। अपने ही

ज़ोर से उसका जिस्म काँप रहा है। लहू चमड़ी की चादर फाड़कर बाहर उछल–उछल आ रहा है।

''क्यों बहुत तकलीफ़ हो रही है?''

''हाँ।'' थोड़ा शर्मिन्दा है मुच्छल।

''तो फिर आज यही हो जाये?''

मुच्छल की आँखों की लाली चेहरे पर फैल गयी है।

''पर साले में बू आ रही है।'' मुच्छल बोला।

''वाह मेरे अंग्रेज़! तो निकाल साबुन! आज छोकरे को साबुन से नहाने के मज़े ले लेने दे।''

मुच्छल देसी साबुन की चक्की अन्दर से ले आया।

''जा पुत्तर, नलके के नीचे नहा ले। ख़ूब साबुन मल–मलकर स्नान करना।''

लड़का कपड़े उतारकर पम्प के नीचे बैठ गया है। मटका पम्प चला रहा है।

मटका लड़के के कपड़ों की तरफ़ देखता है, फिर मुच्छल को आँख से इशारा करता है। वह कपड़े उठाकर गोदाम के अन्दर ले जाता है।

लड़का नहाना बन्द कर चुका है। आसपास देखता है। चौंककर बोलता है–

''मेरे कपड़े?''

''जा, अन्दर गोदाम में जाकर पहन ले।''

लड़का गोदाम के अन्दर पहुँच गया है। दोनों सिपाही अन्दर आ जाते हैं। उन्होंने दरवाज़ा अन्दर से बन्द कर लिया है।

मटका लड़के की गर्दन पकड़कर उसे नीचे झुकाता है। मुच्छल उसके दोनों हाथ बोरी पर टिका देता है।

अब लड़का किसी चौपाए की तरह खड़ा है। गोदाम में गर्मी आग की तरह फैली हुई है। लड़के की जुबान बाहर निकल आयी है। वह किसी कुत्ते की तरह जबान लपलपाकर साँसें ले रहा है–गर्मी से अथवा दहशत से।

और बाहर हमेशा की तरह लम्बी–लम्बी सीटियों के शोर के साथ मालगाड़ी का इंजन शंटिंग करना शुरू कर देता है।

दहलीज़

बेटा पहाड़ी शहर में पढ़ता है। साल में एक महीने के लिये घर आता है, सर्दियों में। माँ स्टेशन पर लेने गयी। एक साल में उसका, सुनील का क़द कितना बड़ा हो गया है? प्लेटफ़ॉर्म की भीड़ में उसका सिर दूर से ही दिखायी दे गया। पहले लड़के ने उसे देखा। हमेशा की तरह दौड़कर उसकी ओर नहीं आया। थोड़े–से लम्बे क़दम उठाकर उसके पास पहुँचा। लचकीले बाँस की तरह उसका सशक्त शरीर अपनी ताक़त से ही हौले–हौले काँप रहा है। माँ को उसे देखते ही पहला ख़याल यह आया कि लड़का बड़ा हो गया है। वह अन्दर से थोड़ी बुझ गयी। अब लड़का हर रोज़ उससे थोड़ा–थोड़ा करके दूर होता जायेगा। एक दिन उससे बिल्कुल कट जायेगा।

इस बार लड़का माँ से लिपटकर नहीं मिला। माँ के कन्धों को सिर्फ़ एक बाँह के घेरे में लेकर, थोड़ा–सा दबाकर–'हैलो, ममा' कहा। लम्बे रेल–सफ़र की कोयला भरी धूल की झीनी पर्त उसके चेहरे पर जमी हुई है, लेकिन उसके चेहरे का लाल–सुर्ख़ रंग इस कोयला–धूल से बाहर झाँक–झाँक जा रहा है। क़द बढ़ने के कारण उसका शरीर थोड़ा–सा पतला हो गया है। लड़का जब मुस्कराता है तो उसकी काली आँखें चमकीली हो जाती हैं। इस बार वह वाक्य भी कितने छोटे–छोटे बोल रहा है। उसने पूछा था–"पापा लेने नहीं आये?", माँ ने बताया था कि मीटिंग में जाना था। लड़के की आँखों में अब चमक नहीं रही। वह अचानक चुप हो जाता है, तो काली आँखें थोड़ी–सी भूरी हो जाती हैं।

घर आये। गाड़ी लड़का ही चलकर लाया। माँ उसके साथ बैठकर बहुत सुरक्षित महसूस करती है। लड़का इधर–उधर नहीं देखता। कार के और लड़के के शरीर में कोई सम्बन्ध और पहचान स्थापित हो जाती है। काले स्टीयरिंग पर रखी उसकी लम्बी गोरी उँगलियाँ रोशनी की थिरकती लक़ीरों की तरह हौले–हौले हिलती हैं। पिता कार चलाता है तो साफ़

लगता है–कोई 'कोशिश' हो रही है। लड़के के अंग–संचालन में, हाथों और पैरों के इस्तेमाल में संगीत का ताल–मेल है, बहाव है, लय है।

घर के नौकर बड़े दरवाज़े पर उसकी अगवानी और स्वागत के लिये ठहरे हैं। सब उसे हमेशा से ही 'बाबा' कहकर बुलाते आये हैं। इस बार भी माली ने, चौकीदारों ने, रसोइए ने और उसकी 'बीवी' ने उसे 'बाबा' कहकर नमस्ते की है। पहले लड़का उनके पास ठहरा करता था, हाल–चाल पूछता था, लेकिन इस बार सिर्फ़ सिर हिलाकर अन्दर आ गया है। वह ठहर गया है। माँ जानती है, कुछ कहेगा। वह हाथों को बार–बार खोलता है और बन्द करता है। उसके चौड़े माथे पर एक लक़ीर उभरती है। आँखों की पुतली मलमल पर रखे मोती की तरह चमकती है। फिर वह माँ से कहता है कि वह नौकरों को बता दे कि उसे 'बाबा' कहकर मत बुलाया करें। लड़का हाथ–मुँह धोने अन्दर चला गया है। माँ एक क्षण में थोड़ी–सी और बूढ़ी हो जाती है, उसका दिल सिकुड़ जाता है। लड़के की उमर अभी है ही क्या? सिर्फ़ पन्द्रह साल। अभी से उसे 'बाबा' कहलाना बुरा लगने लग पड़ा है।

इस बीच पिता घर आ गये हैं। पत्नी बताती है–लड़का बिल्कुल ठीक–ठाक पहुँच गया है। पति को कहीं यह अजीब–सा एहसास होता है कि इस बार लड़के के घर पहुँचने पर वह कुछ उदास हो गयी है। पहले की तरह पूरे खिले हुए फूल–सी महक नहीं रही, झूम नहीं रही। पत्नी चालीस साल की हो गयी है, लेकिन तीस से ऊपर बिल्कुल नहीं लगती। अधेड़ होने का टूटना और पराजित हो जाने का एहसास उसमें कहीं नहीं है। वह चलती है तो अब भी इसी भावना के साथ कि आसपास के लोग उसे देख रहे हैं। प्रशंसा भरी आँखों की तपिश उसे आयु की दहलीज़ पार करने ही नहीं देती। वह जहाँ भी थोड़ी देर के लिए ठहरती है, चलती है, वहाँ–वहाँ उसकी सुगन्ध और 'होना' लहराता रहता है। अपनी तीन फ़ैक्टरियाँ हैं। पति के पास बहुत कुछ है, लेकिन फिर भी वह पत्नी से 'बाहर' कभी नहीं हुआ। उसका साथ, सहवास किसी बेल की तरह है, जो दिन गुज़रने के साथ–साथ बढ़ती है। रोज़ नयी–नयी कोंपलें निकलती हैं, हरी–भरी और ताज़गी लिये हुए। बाहर दिसम्बर की तेज़ चमकती हवा चल पड़ती है। खिड़कियों के पर्दे खुले हैं। हवा पर्दों को धक्का मारकर अन्दर आती है, सारे कमरे को, क़ालीन को, मेज़–कुर्सियों को ठण्डे हाथों

से छूती है और ख़ुद छोटे दरवाज़े से निकलकर बेडरूम में जा दुबकती है। हवा को सर्दी जो लग रही है।

पत्नी खिड़कियों के पर्दे खींच देती है। अब हवा अन्दर नहीं आ सकती। वह सिर्फ़ बाहर खड़ी पर्दों से अन्दर आने के लिए उलझ रही है। कमरे में अब चमकीला अँधेरा फैल गया है। नौकर मेज़ पर चाय रख गया है। चायदानी पर लाल–सुर्ख़ टिकोजी की टोपी रखी हुई है, फिर भी सुगन्धित भाप मेज़ के आसपास मँडरा रही है।

लड़का मुँह–हाथ धोकर अन्दर आता है। कमरे में छोटा–सा सूरज निकल आया है। उसका चेहरा दहक रहा है, किसी तेज़ हथियार की तरह आसपास के अँधेरे को काटता हुआ। लड़का पिता की ओर देखता है। एकदम आगे नहीं बढ़ता। पिता को पता चल जाता है–घर में इस बार लड़का नहीं आया, एक और पुरुष आया है। लड़के ने अभी तक 'हैलो' नहीं कहा। वह पिता की ओर पहला क़दम उठाता है। पिता खड़ा हो जाता है, उसका हाथ आगे बढ़ता है। अब लड़का तेज़ी–से पिता के पास पहुँच जाता है। दोनों एक ही समय 'हैलो' कहते हैं। पिता उसका हाथ अपने हाथ में कस लेता है। लड़के का क़द पिता जितना हो गया है। दोनों के सिर बराबर ऊँचाई पर हैं। लड़के के हाथ की पकड़ भी सख़्त हो गयी है। वह पिता की आँखों में बराबर आँखें डालकर देखता है। पहले की तरह उसकी आँखें एकदम से झुक नहीं जातीं। फिर पिता उसका कन्धा थपथपाता है। दोनों बैठ जाते हैं।

अब लड़का माँ के बिल्कुल सामने बैठा है। माँ पहली बार उसका पूरा चेहरा देखती है। लड़के की तीखी पतली नाक टेढ़ी हो गयी है, हड्डी एक ओर झुक गयी है–पहले तो ऐसी नहीं थी।

''तुम्हारी नाक को क्या हुआ?''

''बॉक्सिंग का मैच था। दूसरे राउण्ड में ही नाक टूट गयी। मैं मैच हार गया।''

आख़िरी वाक्य कहते हुए लड़के की आवाज़ कठोर हो गयी। वह अपनी नाक से नाराज़ है, जिसकी वजह से वह मैच हारा।

माँ कल्पना करती है कि नाक टूटने पर कितना ख़ून निकला होगा, कितना दर्द हुआ होगा? उसका सिकुड़ा हुआ दिल भर आता है, लेकिन उसके कुछ बोलने से पहले ही पिता पूछते हैं–''घर ख़त क्यों नहीं डाला?'' लड़का बड़े सहज स्वर में बताता है–''कोई ज़रूरत ही नहीं थी।

एक दिन हस्पताल रहा, नाक पर प्लास्टर चढ़ी थी। सात दिन के बाद प्लास्टर उतर गयी।'' माँ देखती है कि हड्डी थोड़ी टेढ़ी जुड़ी है। अब लड़के के दायें गाल पर, बिल्कुल होंठ के ऊपर एक छोटा–सा साया लगातार बैठा रहता है।

माँ चाय पीने के लिए प्याला उठाती है, नीचे रखती है। उसकी गोरी बाँह किसी तलवार की तरह बार–बार लपकती है। काले रंग की शॉल एक कन्धे से नीचे खिसक गयी है। माँ के गले की उभरी हुई हड्डी कभी थोड़ा–सा ऊपर उठती है, कभी नीचे गिरती है। कॉलर बोन के नीचे का उभरा हुआ हिस्सा सुनहरे सेब की तरह चमक रहा है।

लड़के की आँखों को इस धीरे–धीरे हिलते दृश्य ने बाँध लिया है। उसकी आँखों के अन्दर समुद्र उग आया है। सुनहरा सेब किसी श्वेत सीपी की तरह लहरों पर उछल रहा है। उसके 'अन्दर' का लड़का सीपी पकड़ने के लिये लहरों को काटता हुआ, फलाँगता हुआ बेतहाशा दौड़े जा रहा है।

माँ की आँखें लड़के की आँखों से मिलती हैं। लड़के की आँखों में वह उसी उत्सुक–रोमांच को देखती है जिसे वह पति की आँखों में देखने की आदी हो चुकी है। लड़का झट–से आँखें झुका लेता है, उसकी चोरी पकड़ी गयी है। माँ शॉल खींचकर अपने कन्धे को ढँक लेती है। लड़का उठ ठहरता है और एक खिड़की का पर्दा खींचकर खोल देता है। बाहर ठण्ड में सिकुड़कर बैठी हुई हवा छलाँग लगाकर उसके बालों से, चेहरे से, आँखों से और अंग–प्रत्यंग से लिपट जाती है। लड़का लम्बी–लम्बी साँसें ले रहा है, सर्द हवा का क्रूर स्पर्श उसे सुख दे रहा है, आश्वस्त कर रहा है।

पिता माँ और बेटे के अन्दर मंचित हो रहे इस छोटे–से दृश्य से कटा बैठा है। उठकर दूसरे कमरे में जाता है। वह मेज़ पर कुछ रखता है। आवाज़ सुनकर लड़का खिड़की से पीछे मुड़ता है।

मेज़ पर एक राइफ़ल रखी है। पिता ने उसके लिए चैकोस्लाविया से मँगवायी है। लड़का झपटकर राइफ़ल उठा लेता है। इसके बैरल पर धीरे–धीरे हाथ फेरता है। फिर इसे गाल से छू लेता है। पिता के स्टेशन पर न लेने आने की नाराज़गी अब वह भूल गया है। पिछली छुट्टियों में पिता ने राइफ़ल मँगवा देने का वादा किया था। सब कुछ याद रखते हैं।

राइफ़ल अर्ध–स्वचालित है। पिता उसे चैम्बर खोलकर दिखाते हैं। छह गोलियाँ भरी जायेंगी। बोल्ट एक बार पीछे खींचेगा तो गोली अपने आप ऊपर आ जायेगी।

''पपा, गोलियाँ लाये?''

पिता जानते थे, लड़का यह सवाल करेगा। वह कोट की जेब से पचास गोलियों का डिब्बा निकालकर देते हैं। वह बड़े सहज ढंग से चैम्बर में गोलियाँ भरता है। स्कूल में उसे सैनिक प्रशिक्षण मिलता है। बन्दूक़ चलाना वह जानता है।

अब वह खुली खिड़की के पास आ ठहरा है। निगाहें घुमाकर चारों ओर देख रहा है। सर्दियों का आकाश बिल्कुल ख़ाली है, सुनसान है। कहीं कोई परिन्दा दिखायी नहीं देता। लड़का शिकायत भरी आवाज़ में कहता है–

''ओह, पपा! कोई बर्ड तो है नहीं।''

वह फिर बचपन में लौट आया है। पास खड़ी माँ ख़ुश हो जाती है।

तीस गज की दूरी पर बिजली का खम्बा है। उस पर लगा एक छोटा–सा बल्ब खिड़की से साफ़ दिखायी दे रहा है। पिता कहते हैं–''क्या तुम उस बल्ब को गोली मार सकते हो?''

लड़का जवाब नहीं देता। एक क्षण में वह बड़ी तय–युक्त गति से राइफ़ल उठाता है। नली को गाल के साथ लगाता है, बल्ब को आँख के घेरे में लेता है और हौले–से ट्रिगर दबा देता है। 'छन्ननन' की आवाज़ के साथ बल्ब टूटकर नीचे गिर जाता है।

''ब्यूटीफुल शॉट!'' पिता उसके कन्धों पर हाथ रखकर कहते हैं। दो पुरुष एक–दूसरे की ओर प्रशंसा भरी आँखों से देख रहे हैं, एक–दूसरे की ताक़त को जी रहे हैं। माँ को पता चल जाता है, वह उन दोनों के बीच कहीं भी नहीं है। वह चुपचाप, धीरे चलती हुई रसोई की ओर चली जाती है। आज तक लड़का उसका था। पिता तक पहुँचने के लिये वही सीढ़ी थी, सूत्र थी। अब लड़का उसके घेरे से निकलकर बाहर चला गया है–स्वतन्त्र, निर्द्वन्द्व और आत्मनिर्भर। उसे लग रहा है कि कल सुबह सोकर उठेगी तो वह एक ही क़दम में यौवन की देहरी लाँघ जायेगी।

अब पिता लड़के से पढ़ाई के बारे में पूछते हैं। वह हौले–से सूचना देता है कि हिन्दी में फेल हो गया है। इस अंग्रेज़ी स्कूल में भी हिन्दी पास करना ज़रूरी है। पिता जानते हैं, लड़के का कोई दोष नहीं। चार साल

की आयु से ही हॉस्टल में रहकर पढ़ रहा है। शिक्षा का माध्यम अंग्रेज़ी है। फिर घर में भी प्रायः बातचीत अंग्रेज़ी में ही होती है।

वह लड़के से कहते हैं कि एक महीने के लिये हिन्दी का टीचर रख देंगे। फिर पूछते हैं कि टीचर कब से आये? लड़का कहता है–कल से ही पढ़ना शुरू कर देगा। पिता 'हाँ' में सिर हिलाते हैं और फिर फ़ैक्टरी चले जाते हैं।

अब लड़का घर से बाहर आ गया है। कोठी दो एकड़ में फैली हुई है। बाहर की चहारदीवारी के साथ–साथ पोपलर के लम्बे लचकीले पेड़ लगे हुए हैं। लड़के की आँखें माली को खोज रही हैं। बाहर पोर्च की दीवारों के साथ पैशन–फ़्लॉवर की बेलें लिपटी हुई हैं। गोल–चमकीले फूल धीरे–धीरे सिर हिला रहे हैं। लड़का फूलों की बनावट ध्यान से देख रहा है। लगता है, किसी ने बैंगनी रंग के धागे से कढ़ाई कर रखी है। इस कढ़ाई के बीचोंबीच लाल, छोटी–सी बिन्दिया चमक रही है। फूलों की गन्ध तीखी नहीं है। बस, एक हल्का–सा ख़ुमार है जो आसपास लहरा रहा है। उसे कुछ तनाव महसूस होता है। अन्दर सोया सागर फिर से ठाठें मारने लग पड़ता है और वह है कि लगातार सीपी के पीछे भागता जा रहा है, भागता जा रहा है।

माली ख़ुद उसके पास आ गया है। अनपढ़ होते हुए भी वह लड़के को पूरी तरह समझता है। बोले बिना दोनों एक–दूसरे को समझ जाते हैं। माली उसे वहाँ ले जाता है जहाँ सफ़ेद ख़रगोश के बच्चे खेल रहे हैं। बच्चे पहले माली को देखते हैं, वहीं पर खेलते रहते हैं। फिर उनकी निगाह लड़के पर पड़ती है। छलाँग लगाकर लकड़ी की पेटी के पीछे छिप जाते हैं। माली लड़के से कहता है कि अपनी जगह से हिले नहीं। थोड़ी देर में ही बच्चे उसके पास अपने आप आ जायेंगे। जानवर ख़ुशबू से ही दोस्त और दुश्मन को पहचान लेते हैं। ख़रगोश के बच्चे अब पेटी के पीछे से सिर निकालकर बार–बार उसकी ओर झाँक रहे हैं। बटनों जैसी उनकी गोल–गोल आँखें बड़ी तेज़ी से घूम रही हैं। लड़का साँस रोके उनके आने की इन्तज़ार कर रहा है। पहले एक बच्चा उसे थोड़ी दूर आकर नर्म घास पर बैठ जाता है। लड़का बिना हिले–डुले खड़ा है। बच्चा आश्वस्त हो गया है। वह पेटी के पीछे जाकर दूसरे बच्चों को बुला लाता है और अब सब उससे थोड़ी दूर रूई के गोलों की तरह चुपचाप बैठे हैं। अचानक एक ख़रगोश छोटी–सी छलाँग लगाता है और घास

पर भाग खड़ा होता है। उसकी छोटी टाँगें शरीर का बोझ नहीं सँभाल पातीं। वह एक सफ़ेद गेंद की तरह घास पर बिछ जाता है। बाक़ी सफ़ेद ख़रगोश भी इस लुढ़कती गेंद के पीछे भाग लेते हैं। फिर इस दृश्य पर पर्दा गिर जाता है। ख़रगोश लम्बी घास के पीछे चले जाते हैं। लड़का उदास हो जाता है। उसे आज पता चलता है कि कारणहीन ख़ुश होने के, सूरज की किरणों के पीछे भागने के उसके दिन ख़त्म हो गये। अब प्रकृति का संसर्ग और निकटता उसे एक पशु–ख़ुशी नहीं दे सकते। अब उसके सुख अथवा दुःख के साथ बाहर के कारण जुड़ गये हैं।

माँ टीचर को उसके पास छोड़कर अपने कमरे में चली गयी है। लड़का सबसे पहले यही नोट करता है कि जो उसको पढ़ाने आयी है, उसके ऊपर के होंठ पर छोटे–छोटे बाल हैं, नयी उग रही मूँछों की तरह। टीचर बोलती है तो बालों में धीरे–धीरे कम्पन होता है–रडार की तरह। टोह लेते हुए बाल। लड़का अपने जिस्म को किसी जानवर की तरह सिकुड़ा लेता है, कस लेता है। लड़के के शरीर और आत्मा में उठ रहे कसाव का आभास टीचर को भी मिल जाता है। अब मूँछों के बाल और तेज़ी से काँपने लग पड़ते हैं, धर दबोचने के लिये उतावले। लेकिन लड़के ने अपने 'अन्दर' के खिड़की–दरवाज़े कसकर बन्द कर लिये हैं। रड़ार अभी उनमें प्रवेश नहीं कर पा रहा है।

लड़के को जाने क्यों जिम कार्बेट की जंगल और घायल जंगली जानवरों के बारे में पढ़ी कहानियाँ याद आ जाती हैं। घायल जानवर जब शिकार नहीं कर पाता तो आदमियों को खाना शुरू कर देता है।

टीचर जो कुछ पढ़ा रही है, वह उसे सुन मात्र रहा है, समझ नहीं रहा। उसकी सारी शक्ति तो रडार को अन्दर प्रवेश करने से रोकने में लगी हुई है।

टीचर पढ़ाकर चली जाती है। लड़का अपनी तीखी नाक से तेज़–तेज़ साँसें ले रहा है। वह अधेड़ उमर की औरत जाने के बाद भी एक पशु–गन्ध कमरे में छोड़ गयी है। इस गन्ध का ख़ुमार हौले–हौले लड़के की नस–नस पर क़ब्ज़ा कर रहा है। वह हाथ की किताब को नीचे पटक देता है और भागकर खुली हवा में चला जाता है।

टीचर अब रोज़ पढ़ाने आती है। लड़के के सुनहरे सेब जैसे चेहरे पर कहीं–कहीं काली झाइयाँ उभर आयी हैं। उसे रात को पूरी नींद भी नहीं आती।

वह बार–बार महसूस करता है कि टीचर वहीं है–उसके कमरे में, उसके पास। शरीर से उठ रही आदिम बू उसके बिस्तरे में हर वक़्त घुटने सिकोड़कर बैठी रहती है और इस बू से उसका द्वन्द्व युद्ध चलता रहता है।

वह माँ–बाप से यह भी नहीं कहना चाहता कि टीचर बदल दें। कारण क्या बतायेगा? बताये तो वे लोग समझेंगे क्या? वह कैसे बता सकता है कि एक गलत आत्मा उसके अन्दर प्रवेश करने की कोशिश कर रही है। यह लड़ाई और अधिक देर तक जारी रखना उसके वश में नहीं रहा। इस आतंक से तो उसे अके़ले ही लड़ना है। अपनी नियति से अपने–आप संघर्ष करना तो बहुत पहले से ही तय हो चुका है।

टीचर पढ़ा रही है। बायीं तरफ़ की खिड़की खुली है। दीवार के साथ सीढ़ी लगी है। माली सीढ़ी पर चढ़कर पैशन–फ़्लॉवर की बेल को दीवार में कील ठोंककर रस्सी से बाँध रहा है। अचानक सीढ़ी की दीवार से घिसटने की तेज़ आवाज़ पैदा होती है। फिर सीढ़ी नीचे लुढ़क जाती है। हवा में दोनों हाथ फैलाये नीचे गिरते हुए माली के शरीर का दृश्य क्षणांश के लिए खिड़की के फ्रेम में जड़ जाता है, फिर नीचे गिर जाता है। लड़के के जिस्म के स्प्रिंग खुलते हैं। वह खिड़की पर हाथ रखकर छलाँग लगाता है और कमरे से बाहर कूद जाता है।

माली ज़मीन पर बिना हिले–डुले पड़ा है। उसके होंठ बार–बार हिल रहे हैं, लेकिन कोई भी शब्द नहीं फूट रहा।

इतनी देर में उसकी माँ भी बाहर आ गयी है। रसोइया माली के मुँह पर छींटे मारता है। वह दहशत भरी आवाज़ में केवल एक शब्द बोलता है–

''साँप!''

माँ लड़के को हाथ से पकड़कर अपने पास खींच लेती है। सबकी आँखें माली से पूछ रही हैं–''कहाँ?''

''ऊपर दीवार पर। बेल के नीचे। बेल बाँध रहा था तो मेरे हाथ की ओर झपटा। सीढ़ी न गिराता तो काट लेता।''

गुरखा चौकीदार भी पहुँच गया है। उसके हाथ में मज़बूत लाठी है। सबको परे हटा देता है। लाठी से झटककर वह बेल को दीवार से नीचे गिराता है। कहीं कोई साँप नहीं। लड़का अपनी तेज़ आँखों से दीवार

पर देख रहा है। वह हाथ के इशारे से दीवार में बने सूराख़ को सबको दिखाता है। साँप ज़रूर इस सूराख़ के अन्दर चला गया होगा।

अब तक लड़के की टीचर भी बाहर आ गयी है। लड़का उसे देखता है। दीवार पर बने सूराख़ को देखता है। सूराख़ में छिपे साँप के बारे में सोचता है और फिर वह निर्णय कर लेता है कि साँप को उसे ही मारना है। वह भी तो उसके अन्दर प्रवेश करने के लिए पूरी कोशिश कर रहा है।

माली, रसोइया और गुरखा चौकीदार आपस में साँप को सूराख़ से बाहर निकालने की–उसे मारने की तरक़ीबों पर बहस कर रहे हैं, लेकिन दीवार पर चढ़कर इसे सूराख़ से बाहर कौन निकाले? कैसे निकाले?

लड़का तब तक अन्दर जाकर बाहर लौट आया है। उसके हाथ में राइफ़ल है। वह सबको वहाँ से हट जाने के लिये कहता है। साँप भी सूराख़ के अन्दर आतंकित बैठा होगा। थोड़ी देर के बाद सूराख से सिर बाहर ज़रूर निकालेगा। उसे भी देखना है कि शत्रु कहीं आसपास तो नहीं?

टीचर उसके हाथ में राइफ़ल देखकर पलभर के लिये डर गयी। फिर सोचती है–यह लड़का क्या ख़ाक साँप मारेगा? वह हाथ के इशारे से माँ को, टीचर को और बाक़ी सब लोगों को पोर्च से बाहर निकल जाने के लिये कहता है।

सूरज ढल रहा है। लड़का देखता है कि दीवार के सूराख़ पर पश्चिम की ओर से रोशनी पड़ रही है। वह अँधेरेवाली दिशा में पेड़ के साथ पीठ लगाकर खड़ा हो जाता है। अँधेरे से रोशनी में देखना आसान होता है।

अब उसके शरीर में बिल्कुल भी तनाव नहीं है। रडार की तरह हिलती हुई टीचर की मूँछें अब उसकी आत्मा के दरवाज़े पर दस्तक नहीं दे रहीं। ये मूँछें अब दीवार पर बने हुए सूराख़ में जा चिपकती हैं।

उसके शरीर में हल्का–सा कम्पन होता है। साँप तो उसके अपने अन्दर रेंग रहा है। उसके अन्दर के साँप और दीवार के सूराख़ में छिपे साँप में तादात्म्य स्थापित हो जाता है। उसका शरीर संकेत ग्रहण कर रहा है।

साँप अभी सूराख़ से बाहर नहीं निकला है, लेकिन लड़का राइफ़ल को उठाकर कन्धे पर दबा लेता है। ठण्डे लोहे का स्पर्श गालों को सुख और सामर्थ्य दे रहा है। लड़का जानता है, साँप का सिर बाहर निकला

कि निकला। उसके अन्दर बैठा साँप उसे लगातार संकेत दिये जा रहा है। हवा दम साधकर उसके पास बैठ जाती है।

सूराख़ से साँप का सिर बाहर निकलता है। सूरज की डूबती किरणों के सुनहरे दायरे में सिर क़ैद हो जाता है। साँप की छोटी–सी ज़बान बाहर निकली है। उसके शरीर का बाक़ी सारा हिस्सा सूराख़ में है। सिर्फ़ सिर को दीवार के साथ लगाकर धीरे–धीरे घुमा रहा है।

और तब लड़के के अन्दर कौंध जाता है माँ के कन्धे से गिरी शॉल का दृश्य। कॉलर बोन के नीचे का उभरा नंगा हिस्सा। सफ़ेद सीपी और उसको पकड़ने के लिये लहरों के बीच पीछे दौड़ता हुआ वह। उस अधेड़ आयु की टीचर के मूँछों के बाल जो उसके शरीर में प्रवेश करने के लिए संघर्ष कर रहे हैं। और फिर ये सारे छोटे–छोटे दृश्य एक–एक करके उसकी आत्मा से बाहर निकलते हैं और साँप के सिर के साथ जाकर जुड़ जाते हैं।

और अब उसे याद आता है राइफ़ल प्रशिक्षक का बार–बार कहा वाक्य–गोली चलाने से पहले साँस रोक लो। ट्रिगर पर रखी उँगली में कोई कसाव, कोई फ़ालतू दबाव नहीं होना चाहिए।

उसे गोली की आवाज़ से ही पता चलता है कि उसने ट्रिगर दबा दिया है। दीवार पर सूराख के पीछे छोटे–छोटे छींटे उड़ते हैं। साँप के सिर के चिथड़े उड़ गये हैं। सिर छितरा जाने से उसके शरीर का सन्तुलन ख़त्म हो गया है। धीरे–धीरे सरककर उसका बाक़ी शरीर सूराख़ से बाहर आ गया है। और फिर 'छप' की आवाज़ के साथ बिना सिर का उसका शरीर ज़मीन पर गिर जाता है।

सब भागकर उसके पास आ गये हैं। माँ उसे खींचकर छाती से लगा लेती है। अब लड़के को बुरा नहीं लगता। वह जानता है, माँ उसे एक पुरुष की तरह अपने वक्ष से लगा रही है, बच्चे की तरह नहीं।

वह अधेड़ उमर की टीचर उसके पास पहुँचती है। अब लड़के को उससे किसी तरह का डर नहीं लग रहा। टीचर की मूँछों के बाल रडार की तरह अब उसे तलाश नहीं कर रहे। लड़का अपनी आत्मा के दरवाज़े खोल देता है। उसे कोई भय नहीं। क्योंकि दहलीज़ पार करने के बाद अब कोई ग़लत आत्मा उसके अन्दर ज़बरदस्ती प्रवेश नहीं कर सकती।

शब्द! शब्द! शब्द!

"मैं कल वापस जाऊँगा।"

कैप्टन मेहता ने यह वाक्य बहुत धीरे–धीरे, एक–एक शब्द अलग–अलग बोलकर कहा। यहाँ इतने दिन रहने के बाद उसे पता चल गया है कि अगर प्रत्येक शब्द थोड़े–थोड़े अन्तराल के बाद बोला जाये तो वह वाक्य का अर्थ समझ जाती है।

यहाँ सूरज शाम को तीन बजे के आसपास डूबना शुरू हो जाता है। पेड़ और उनकी टहनियाँ हिलना बन्द हो चुकी हैं। दिन भर की थकान के बाद ये भी सूरज के संग सो जायेंगी।

तीन बजे वाली शाम के साथ कुछ देर के लिए ख़ामोशी की विशाल और सघन चादर दूर–दूर तक फैल जाती है। परिन्दे अपने–अपने घोंसलों में पहले से ही पहुँच चुके हैं। पेड़ की एक शरारती टहनी को अभी तक नींद नहीं आयी है। धीरे–धीरे हिल रही है–

देवी उसके वाक्य का अर्थ समझ गयी है। यह उस हिलती हुई शाख़ के क़रीब ही ठहर गयी है। टहनी के साये की लकीर उसके माथे पर लम्बी पड़ती है। फिर छोटे–से नाक के सिरे को छूकर बड़े–बड़े फूलों वाली साड़ी पर बिछ जाती है और अगले क्षण वह फिर से माथे पर लौट आती है।

सूरज थोड़ा और नीचे सरकता है। साड़ी पर बने फूलों का रंग उड़ गया है। जवाब में वह हमेशा की तरह चुपचाप खड़ी है। इस ख़ामोशी के दो लम्बे हाथ आगे बढ़ते हैं, बीच के फ़ासले को तय करते हैं, मेहता के अन्दर प्रवेश कर जाते हैं और लोहे के पंजों की तरह उसकी आत्मा में नाख़ून गड़ा देते हैं।

देवी अपनी जगह से चल पड़ती है। पेड़ की टहनी किसी शरारती बच्चे की तरह डाँट खाकर हिलना बन्द कर चुकी हैं। देर

से लौटा एक परिन्दा कभी एक पेड़ पर बैठता है, कभी दूसरे पर। अपना घर तलाश कर रहा है। अँधेरे में इतना आतंकित है कि पंख भी धीरे–धीरे हिलाता है।

वे घर के गेट के पास पहुँच चुके हैं। देवी आगे है, मेहता पीछे। उसकी टाँग का ज़ख़्म पूरी तरह नहीं भरा, इसलिए धीरे–धीरे चल पाता है। देवी गेट के पास प्रतीक्षा कर रही है। उसके चेहरे पर से शब्दों के वाक्य–के–वाक्य फूट–फूटकर इधर–उधर बिखरते हैं, फिर बड़े असहाय–से होकर ठहरी हुई हवा में विलीन हो जाते हैं। मेहता इन सारे वाक्यों को महसूस कर रहा है, शब्दों की असहायता को ग्रहण कर लेता है।

अब उसने देवी का हाथ पकड़ लिया है। अँधेरे के भय से गेट पर बाँसों और कँटीली तारों के साथ उगी हुई कली बेल ज़ोर–से काँपती है। अंगारों की तरह दहकते फूल आश्वासन में धीरे–से हिलते हैं, बेल काँपना बन्द हो जाती है।

अब देवी की उँगलियों के पोरों से शब्दों की बाढ़ टूटकर बाहर निकल आयी है। मेहता का जो हाथ देवी के हाथ में है, इस शब्द–बाढ़ के आक्रमण को बड़े सहज भाव से, बड़ा सबल होकर सह रहा है। एक पेड़ से दूसरे पेड़ पर जाता हुआ परिन्दा अब उड़ता दिखायी नहीं दे रहा। उसे अपना घर मिल गया है। बाँसों का बना मकान गेट से थोड़ी दूरी पर है। पतली पीली–पीली उँगलियों की तरह रोशनी की लकीरें–ही–लकीरें दिखायी दे रही हैं।

दूर पूरब की ओर से हवा का झोंका चलता है। हवा अँधेरे से नहीं डरती। ऊँचे–ऊँचे पेड़ों से हवा टकराती है तो तट की ओर आती लहरों की तरह आवाज़ के गोले उछलते हैं। हवा गेट के पास पहुँच रही है। लम्बी–लम्बी घास से छू भर लेती है। तट से लौटती लहरों की तरह थकी–थकी आवाज़ धीरे–धीरे चलकर आगे आती है और उन दोनों के पास आकर ठहर जाती है।

देवी के कन्धे थोड़ा काँपते हैं। वह समझता है ठण्ड के कारण, लेकिन नहीं। हवा का पहला झोंका तो उसके पास चुपचाप खड़ा है। दूसरा झोंका अब बड़े–बड़े पेड़ों से टकराकर इधर बढ़ रहा है। उसके कन्धे अब भी क्यों काँपे जा रहे हैं?

दूसरा झोंका मेहता के बालों को झिंझोड़ देता है, फिर देवी के कन्धों से छूकर, साँस रोककर वहीं ठहर जाता है। हवा उसे सब कुछ समझा देती है। वह देवी के दोनों गालों पर हाथ रख देता है। हाथों का दबाव बढ़ता है। अब शब्दों की ज़रूरत नहीं रही। देवी का सिर उसकी छाती के साथ लग गया है। थोड़ी–थोड़ी देर के बाद सिर हिलता है। वह उसके मुँह पर आ गये कटे हुए बालों को दोनों हाथों से पीछे करता है। छोटी–सी नाक को दो उँगलियों में पकड़कर उसका मुँह ऊँचा कर देता है।

अब शब्द देवी की आँखों से फूट रहे हैं। वह उसकी लम्बी, बिना कटी हुई दाढ़ी और नीचे की ओर झुकी हुई मूँछों को अपने हाथ की एक उँगली से धीरे–से छू भर देती है। मेहता आज की शाम का दूसरा वाक्य बहुत हौले–हौले, शब्द–शब्द करके बोलता है–

''मैं थोड़े दिनों में लौट आऊँगा।''

देवी अब उसे लगातार देखे जा रही है। सिर हिला देती है। मेहता को पता लग गया है कि वह वाक्य का अर्थ समझ गयी है। वह अब अपना पूरा हाथ उसकी दाढ़ी पर ऊपर से नीचे की ओर दो बार फेरती है। वह उसके हाथ की उँगली को अपने दाँतों में पकड़कर धीरे–से दबाता है, फिर होंठों से चूसकर छोड़ देता है। देवी अब भी अपने शब्दहीन प्रश्न के जवाब का इन्तज़ार कर रही है। वह उसके कन्धों को बाँह के घेरे में ले लेता है। दोनों गेट के अन्दर दाख़िल हो जाते हैं। किसी परिन्दे की तरह उसके झुके हुए कन्धे जल्दी–जल्दी मेहता की बाँह के घेरे में सिकुड़ जाते हैं, फिर फैल जाते हैं। वह ठहर जाती है। सिर ऊपर उठाकर उसकी आँखों में देखती है। मेहता जानता है सवाल का जवाब माँग रही है।

''अच्छा, बाबा! अगली बार आऊँगा तो दाढ़ी कटवा दूँगा।''

वह मुसकराती है और चलना शुरू कर देती है। अब वह बैठक के दरवाज़े पर पहुँच गये हैं। कर्नल साहब की आवाज़ बाहर तक पहुँच रही है। देवी अपने कन्धों से उसकी बाँह को हटाना चाहती है। अन्दर उसका बड़ा भाई कर्नल खन्ना और भाभी जो बैठे हैं। मेहता और ज़ोर–से उसके कन्धों को बाँह के घेरे में ले लेता है। देवी डर गयी है पर उसकी नाक को चुटकी में पकड़कर फिर दबाता है, और दोनों अन्दर प्रवेश कर जाते हैं।

खन्ना सर्दियों में भी बीयर पीता है। उसके हाथ में पकड़ा लम्बा गिलास वहीं का वहीं बीच में ही थम गया है। उसकी गालों की उभरी हड्डियाँ और ज़ोर से चमक उठी हैं। मेहता देवी को बाँहों के घेरे में लिये खन्ना के पास पहुँच गया है। खन्ना उठ ठहरा है। मिसेज़ भी अपनी जगह से उठकर उनके पास आ खड़ी हुई है। मेहता देवी की ओर मुँह करके एक–एक शब्द को अन्तराल में बोलते हुए खन्ना से कहता है–

''सर! मैं आपकी बहन से शादी करना चाहता हूँ।''

खन्ना की उँगलियाँ और ज़ोर–से गिलास पर कस गयी हैं। मिसेज़ ने उनकी बाँह को पकड़ लिया है। अब खन्ना देवी की ओर देख रहा है। देवी 'हाँ' में सिर हिलाती है। खन्ना के चेहरे पर से तनाव कम हो जाता है। गालों पर उभरी हुई हड्डियाँ चमकना बन्द कर देती हैं। देवी मेहता की बाँह को परे हटाकर भाई की छाती पर सिर रख देती है। खन्ना गिलास को मेज़ पर रखता है। अब वह खिड़की के पास जाकर खड़ा हो गया है। पीठ ज़ोर–ज़ोर से हिल रही है। सुबकने की आवाज़ कमरे में इधर–उधर चहलक़दमी कर रही है। मिसेज़ उसके पास जाकर कहती है–

''डोंट बी सिल्ली, डार्लिंग! स्कॉच की बोतल निकालो। लेट्स सेलीब्रेट।'

कर्नल खन्ना की पीठ हिलनी बन्द हो गयी है। वह रूमाल से चेहरा साफ़ करता है। अलमारी से स्कॉच निकालता है। कार्क खुलने की आवाज़ कमरे में उछलती है, इठलाती है। वह मेहता के गिलास में एक पैग डालता है। मेहता और डालने के लिए कहता है। खन्ना बोतल टेढ़ी करता है। तभी देवी अपने भाई के हाथों से बोतल लेकर परे रख देती है। खन्ना, मिसेज़ खन्ना और मेहता–तीनों देवी की ओर देखते हैं। मिसेज़ कहती है–

''मेहता! डाँट सहने की आदत डाल लो। अब तुम मेरिड आदमी बन रहे हो।''

तीनों ने ज़ोर से कहकहा लगाया। आवाज़ देवी तक न पहुँची, लेकिन हँसने की मुद्रा ने उसे अर्थ दे दिया। अब वह भाभी की ओर बनावटी ग़ुस्से से देख रही है।

देवी, खन्ना, मिसेज़ खन्ना–तीनों एक ही बात सोच रहे हैं। पन्द्रह दिन पहले यह रहस्यपूर्ण कैप्टन यहाँ पहुँचा था। ऐसा होगा, किसी ने सोचा तक न था।

उस रात भी वे तीनों बैठक में बैठे थे। खन्ना बीयर पी रहा था। तभी बरामदे के आगे जीप के ठहरने की आवाज़ आयी। खन्ना बाहर निकला। उसकी यूनिट के सुरक्षा–मेजर ने पैर जोड़कर सैल्यूट किया था। बताया कि जीप में एक घायल आदमी है। टाँग में गोली लगी है। वर्जित क्षेत्र में घुसकर उनका पता पूछ रहा था। मेजर के सुरक्षा–सैनिकों ने उसे पकड़ लिया था। घायल आदमी ने बेहोश होने से पहले मात्र इतना बताया था कि वह इंटेलिजेंस का कैप्टन है।

साथ के सैनिक उस घायल को उठाकर बैठक में ले आये थे। उसे सोफ़े पर लिटा दिया। सैनिक बाहर चले गये। सुरक्षा–मेजर को खन्ना ने वहीं ठहर जाने का संकेत किया था।

खन्ना ने सोफ़े पर पड़े आदमी को ध्यान से देखा। पैंट की एक टाँग पर जमे हुए ख़ून के बड़े–बड़े धब्बे थे। उसकी बढ़ी हुई दाढ़ी के बाल भी ख़ून से सने हुए थे। ऊपर वाला होंठ कटा हुआ था। वह आदमी विद्रोहियों का जासूस भी तो हो सकता है। दिल्ली से उन्हें तो कोई सूचना नहीं कि इंटेलिजेंस का कोई कैप्टन उनके क्षेत्र में काम कर रहा है।

देवी उठकर उसके पास आ गयी थी। वह बेहोश आदमी अपने हाथ को बार–बार कसकर बन्द कर रहा था, खोल रहा था। देवी ने उसका हाथ पकड़कर देखा। दो उँगलियों के नाख़ून जड़ से खींचकर बाहर निकाल दिये गये थे। बिना नाख़ून की उँगलियों के सिरों पर ख़ून जम गया था।

मिसेज़ खन्ना ने अलमारी से शराब की बोतल निकाली थी। उनका शरीर कसे हुए तार की तरह अन्दर–ही–अन्दर लरज़ रहा था। ऐसे आदमी की उपस्थिति किसी–न–किसी ख़तरे की पूर्व–सूचना है। पिछले तीन साल से विद्रोहियों से भरे इस इलाक़े में रहकर उन्हें भी अब ख़तरे का पूर्वाभास हो जाता है।

सुरक्षा–मेजर ने उसके मुँह को दोनों ओर से हाथ से दबा दिया। होंठ खुल गये। खन्ना ने बोतल से ही उसके मुँह में शराब डाली। घायल को होश में लाने का यह सबसे जल्द और आसान तरीक़ा है।

शराब उसके गले में अटकी थी, फिर नीचे उतर गयी। वह एक बार ज़ोर–से खाँसा और उसने आँखें खोल दी थीं। कर्नल खन्ना को उसने अपन नाम और नंबर बताया। कर्नल ने मानने से इनकार कर दिया। उन्हें

इस प्रकार की कोई सरकारी सूचना नहीं कि इंटेलिजेंस का कोई कैप्टन उनके इलाक़े में काम कर रहा है।

उस घायल ने दिल्ली का एक टेलीफ़ोन नंबर दिया था। कर्नल को कहा था कि बात शुरू करते ही उस नंबर पर बताये कि ब्लैक–पीकाक को गोली लगी है। सुरक्षा–मेजर ने लाल टेलीफ़ोन से दिल्ली का नंबर मिलाया था।

इसी बीच देवी कमरे में गरम पानी ले आयी थी। गीले कपड़े से उसकी दो उँगलियों पर जमे लहू को साफ़ किया। घायल का हाथ और बाँह कपड़ा छूते ही दर्द से तन जाते हैं। फिर उसने ख़ून से सनकर जम गये दाढ़ी के बालों को भी गरम पानी से पोंछकर अलग–अलग किया। अब घायल का कटकर सूज गया होंठ बाल हटने के बाद साफ़ दिखायी दे रहा है।

लाल टेलीफ़ोन बजा। दिल्ली का नंबर लग गया। खन्ना ने फ़ोन उठाया। बात करते ही उसे पता चल गया कि दिल्ली से बोलने वाला तीन स्टारवाला जनरल है। जनरल ने कंफ़र्म कर दिया कि ब्लैक–पीकॉक उनका कैप्टन है। वह जो कुछ कहे, उस पर अमल किया जाये।

तब सुरक्षा–मेजर ने फ़ोन करके यूनिट के डॉक्टर को बुलाया। घायल ने बताया कि वह कैप्टन मेहता है। उसने पहला वाक्य देवी से कहा था–

"मुझे कुछ खाने को दीजिये। दो दिन से भूखा हूँ।"

मेहता ने यह वाक्य तेज़–तेज़ बोला था। देवी उसकी ओर बस देखे जा रही है। मेहता हैरान है कि यह कटे बालों वाली दुबली–सी लड़की इतनी साधारण बात को क्यों नहीं समझ रही?

कर्नल खन्ना ने तब कड़ी आवाज़ में कहा था–

"शी इज़ डैफ एंड डंब।"

गूँगी–बहरी। कैप्टन मेहता का शरीर एक बार ज़ोर–से काँपा था। उसने उठकर बैठने की कोशिश भी की थी, लेकिन घायल टाँग शरीर का बोझ सँभाल न पायी। अगले कटे होंठ को दाँतों में दबाकर वह सोफ़े पर लेट गया था।

अब खाना खाने के बाद उसमें ताक़त लौट आयी है। मिसेज़ खन्ना ने उसे बता दिया था कि देवी जन्म से गूँगी और बहरी नहीं है। पाँच

साल की आयु में छत से नीचे गिरी थी। सिर फट गया। वह बच तो गयी लेकिन बोलने और सुनने की ताक़त खो बैठी। अब अगर धीरे–धीरे बोला जाये तो वह होंठों के हिलने से शब्दों को समझ लेती है। हाँ, कर्नल खन्ना ने अपनी बहन को गूँगों–बहरों के स्कूल में भी दाख़िल कराया था, लेकिन देवी तीसरे दिन ही होटल से अपने भाई–भाभी के पास लौट आयी थी। नहीं, उसे लिखना–पढ़ना भी नहीं आता।

देवी जानती है, भाभी उसके बारे में बता रही है। उसके कमज़ोर कन्धे और सिकुड़ गये हैं। मेज़पोश पर बने परिन्दे को वह लगातार देखे जा रही है जैसे कि अभी–अभी वह परिन्दा वहाँ से उड़ेगा और बाँस–खिड़की से बाहर उड़कर जायेगा।

देवी का एक हाथ मेज़ पर रखा है। कैप्टन पीली रोशनी–सरीखी उसकी उँगली को छूकर कहता है–

"मेरी दाढ़ी साफ़ करने के लिए शुक्रिया।"

यह वाक्य उस मिस्टीरियस कैप्टन ने धीरे–धीरे बोला है। देवी अर्थ समझ गयी। उसके सिकुड़े कन्धे अब फैल गये हैं। आँखों में छोटी–सी मुस्कान जन्मी है, जिसे सिर्फ़ उस इंटेलिजेंस कैप्टन की आँखों ने ग्रहण किया है। अब देवी मेज़पोश पर बने परिन्दे को नहीं देख रही, उसके उड़ने की प्रतीक्षा नहीं कर रही। अपनी छोटी–सी नाक सिकोड़े कैप्टन मेहता की लम्बी दाढ़ी को देख रही है।

यूनिट का डॉक्टर आया। मेहता की टाँग देखी। बताया कि गोली हड्डी में नहीं लगी। मांस को काटती हुई बाहर निकल गयी है। कर्नल खन्ना ने बताया कि हेलिकाप्टर मँगवाया जाये, कैप्टन का सैनिक हस्पताल में पहुँचना ज़रूरी है। तब मेहता ने उसे बताया था कि यहीं पर उसकी पट्टी कर दी जाये, वह अस्पताल नहीं जायेगा।

डॉक्टर ने उसकी बात मानने से इनकार कर दिया। पहली बार कैप्टन मेहता के चेहरे पर ग़ुस्सा झलका है। उसकी छोटी–छोटी आँखें बिल्कुल स्थिर हो गयी हैं। उनका रंग और काला पड़ गया है। कमरे में उसके ग़ुस्से की बू फैल रही है।

देवी को आज पता लगा है कि शब्द अर्थहीन हो गये हैं। यह रहस्यपूर्ण कैप्टन बिना बोले सब कुछ बता सकता है। उसकी तरह शब्दहीन भाषा में बातचीत कर सकता है। कैप्टन के सारे भावों को, शब्दहीन वाक्यों को उसका अन्तर ग्रहण कर रहा है।

अब डॉक्टर असहाय–सा हो गया है। वह कर्नल खन्ना की ओर देखता है। खन्ना जानता है कि कैप्टन को अस्पताल भेजना चाहिए, लेकिन नहीं। कैप्टन के शरीर से निकल रहे ख़तरे के संकेत कर्नल की इन्द्रियाँ भी ग्रहण कर रही हैं। वह डॉक्टर की ओर देखकर 'हाँ' में सिर हिला देता है।

डॉक्टर देवी की ओर देखता है। वह डॉक्टर के बक्से से कैंची, पट्टियाँ आदि निकालकर मेज़ पर रखती है। मिसेज़ खन्ना कैप्टन मेहता को बताती हैं कि देवी नर्स का काम जानती है। समय गुज़ारने के लिए यूनिट के छोटे हस्पताल में रोज़ जाती है। कैप्टन को यह बात सुनकर सन्तोष होता है। क्यों? इसका कारण डॉक्टर के वहाँ से जाने के बाद मालूम हुआ।

अब बैठक में सोफ़े की पीठ पर सिरहाना रख दिया गया है। सामने छोटी मेज़ है। कैप्टन उठ बैठा है। उसकी दोनों नाख़ून उखड़ी उँगलियों पर भी पट्टियाँ बँधी हैं। कमरे में देवी, खन्ना, सुरक्षा–मेजर और मिसेज़ खन्ना हैं।

कैप्टन बताता है कि वह इस इलाक़े में आठ महीने से काम कर रहा है। अंडरग्राउंड विद्रोहियों में उसने एक इंफ़ार्मर बना लिया था। उसी सम्पर्क ने कैप्टन को धोखा दिया। परसों रात आया तो साथ दो विद्रोही सशस्त्र सैनिक थे। कमरे के बाहर इतने सारे पाँवों की आवाज़ से ही कैप्टन समझ गया था कि सम्पर्क ने, इंफ़ार्मर ने आज की रात धोखा दिया है। लेकिन कैप्टन निहत्था था। उसने दरवाज़ा खोल दिया। वह शारीरिक यन्त्रणा, टॉर्चर सहने के लिए तैयार था।

उसकी उँगलियों के दो नाख़ून उखाड़ने के बाद इंफ़ार्मर और विद्रोही उसके निहत्थेपन से अति–आश्वस्त हो गये थे। कैप्टन भी इसी क्षण की प्रतीक्षा में चुपचाप टॉर्चर सह रहा था। यह उन लोगों की ग़लती थी कि केवल तीन आदमी उसे पकड़ने के लिए भेजे गये। कर्नल खन्ना ने पूछा–"ग़लती थी?"

"क्योंकि मैंने उन तीनों का ख़ून कर दिया।"

किसी ने भी उससे पूछने की कोशिश नहीं कि तीन सशस्त्र आदमियों को उस निहत्थे ने कैसे मार दिया? सबको अब तक पता चल गया है कि हिप्पियों–सा दिखने वाला यह मिस्टीरियस कैप्टन जो कुछ

कहता है, कर सकता है। वह अस्पताल भी इसलिए नहीं गया कि बहुत सारे लोगों को उसकी पहचान का पता नहीं लगना चाहिए। तभी यह जानकर कि देवी को नर्स का काम आता है, उसे सन्तोष हुआ था। ऐसे लोग बिना नाम, बिना पहचान और बिना असली चेहरे के चुपचाप एक जगह से दूसरी जगह अपना काम करते रहते हैं।

फिर कैप्टन उन्हें सूचना देता है कि आने वाली कल की रात को सौ विद्रोही पड़ोस के शत्रु–देश में गुरिल्ला युद्ध की ट्रेनिंग के लिए सीमा पार कर रहे हैं। कर्नल अपने सुरक्षा–मेजर की ओर देखता है। मेजर अपमानित आवाज़ में कहता है–

''रबिश! हमें हमारे कान्टेक्ट्स ने ऐसी कोई सूचना नहीं दी।''

कैप्टन उसकी ओर देखता भर है। उसकी इस फ़ालतू बात का कोई जवाब नहीं देता। उसे कहने पर काग़ज़–पेंसिल लायी जाती है। वह साथ फैले हुए जंगल का नक़्शा बनाता है। फिर पेंसिल द्वारा खींची गयी लाइन एक सँकरा रास्ता बन जाती है। कर्नल और उसके सैनिकों को आज रात ही चल पड़ना चाहिए। विद्रोही सिंगल–फाइल, एक ही पंक्ति में इस सँकरे रास्ते पर चलकर सीमा पार करेंगे। जवानों की एक टुकड़ी को जहाँ रास्ता ख़त्म होता है, वहाँ विद्रोहियों से पहले पहुँच जाना चाहिए। विद्रोही सशस्त्र होंगे। पीछे से जंगल को आग लगा देनी चाहिए। विद्रोही भी जानते हैं कि एक बार उस सँकरे रास्ते से भागकर जंगल में जाने की कोशिश करेंगे तो जंगल उन्हें जला डालेगा। सिवाय आत्म–समर्पण के कोई चारा नहीं।

कर्नल खन्ना इस ऑपरेशन से तीन दिन बाद लौट आया था। जैसा कैप्टन मेहता ने बताया, वैसा ही हुआ था। बिना एक गोली चलाये विद्रोहियों को पकड़ लिया गया था, लेकिन...

''लेकिन क्या?'' कैप्टन मेहता ने पूछा।

''लेकिन उनका लीडर, जो अपने आप को ब्रिगेडियर कहता है, क़ैद नहीं हो सका। हो सकता है, जंगल में जल गया हो।''

कैप्टन ने हाथ का गिलास मेज़ पर रख दिया। उसका इंफ़ार्मर उसे बता चुका था कि ब्रिगेडियर ही इन विद्रोहियों को सीमा पार करायेगा। जंगल का चप्पा–चप्पा वह हथेली की लकीरों की तरह जानता है। कैप्टन धीमी आवाज़ में कहता है–

"उसका बचकर निकल जाना ठीक नहीं हुआ।"

कैप्टन के यह वाक्य बोलते ही कमरे में चारों ओर ख़तरा फैल गया। देवी ने महसूस किया कि भय का एक गोला उसके चारों ओर लगातार चक्कर लगाये जा रहा है।

कैप्टन ने कर्नल को बताया कि वह तीन दिन निकम्मा नहीं बैठा है। देवी को शब्दों के आकार सिखाता–समझाता रहा। अब देवी के लिए शब्द शरीर धारण कर लेते हैं। उसने अपनी बात का सबूत देने के लिए देवी की ओर मुँह करके कहा था–

"नर्स! क्या आपका मरीज़ सिगरेट पी सकता है?"

देवी के चेहरे पर मुस्कान लपकी। उसने रखे काग़ज़ के टुकड़े पर पेंसिल से छोटा–सा वाक्य लिखा–

"नहीं! सेहत के लिए ठीक नहीं।"

और आज पहली बार कर्नल खन्ना ने भी महसूस किया कि यह कैप्टन सचमुच बहुत बड़ी मिस्ट्री है, रहस्य है। जो देवी गूँगे–बहरों के स्कूल से भाग आयी थी, पढ़ने से इनकार कर दिया था, उसे तीन दिन में ही इस कैप्टन ने शब्दों का शरीर सिखा और समझा दिया है।

और देवी के लिए बीच के दिन इतनी तेज़ी से गुज़र गये जैसे आये ही न हों। मेहता के साथ वह शाम को प्रतिदिन घूमने जाती है। अब उसे पता चला है कि मेहता जो शब्द बोलता है, बस वही अर्थवान हैं, और कुछ नहीं। वैसे भी यह रहस्यपूर्ण कैप्टन बहुत कम बातचीत करता है। भाभी ने उसके कम बोलने के बारे में एक दिन कहा था तो कैप्टन ने सादा, छोटा–सा जवाब दिया था–"मुझे बहुत बोलने वाले लोग अच्छे नहीं लगते।"

वे दोनों सैर करते रहते थे और ख़ामोशी उनके बीच बतियाती रहती थी। एक–दूसरे के छोटे–छोटे स्नेह–संकेत लिये दौड़ती फिरती थी। देवी सोचती है–फिजूल में ही मेहता ने उसे लिखना सिखाया। इसके साथ चलो, रहो तो भाषा की, शब्दों की दोनों के बीच आवश्यकता ही नहीं रहती।

सुबह हो गयी है। मेहता दिल्ली जा रहा है। जाते ही छुट्टी लेगा। आज के दसवें दिन लौट आयेगा। पापा को साथ लायेगा। शादी यहीं होगी।

देवी ने लाल बार्डर वाली सफ़ेद साड़ी डाल रखी है। उसके कटे हुए काले बाल सफ़ेद कन्धों को छू रहे हैं और हाथों में फूलों का गुच्छा है। गेट के बाहर जीप पहुँच गयी है कैप्टन को स्टेशन तक ले जाने के लिए। खन्ना, मिसेज़, देवी–तीनों गेट पर खड़े हैं। देवी उसे हाथों में फूलों का गुच्छा पकड़ाती है। कैप्टन अचानक हाथ बढ़ाकर गेट पर लगी बेल की तार जैसी पतली टहनी तोड़ लेता है। टहनी को गोल करके गाँठ लगाता है और देवी की अनामिका में बेल की टहनी से बनी अँगूठी डाल देता है। जाने से पहले वह खन्ना को कहता है–

"उसका बचकर निकल जाना ठीक नहीं हुआ।"

ख़तरा गेट के आसपास घूमता है और जीप स्टार्ट होने की आवाज़ उसे खा जाती है।

कैप्टन को दस दिन बाद लौटना था, आज पन्द्रह दिन हो गये हैं। न कोई चिट्ठी, न कोई ख़बर।

स्टेशन बाँस के बने इस मकान से दस मील दूर है, लेकिन पहाड़ गाड़ी की आवाज़ को उछालकर यहाँ तक पहुँचा देते हैं। भाभी उसे बता देती है, गाड़ी आ गयी। देवी गेट पर खड़ी हो जाती है। साँप की तरह बलखाती हुई छोटी सड़क की ओर देखती है और ध्वनिहीन बोलती है–

"तुम कब आओगे?"

देवी आज भी गेट पर खड़ी है। पेड़ों की टहनियाँ नीचे से ऊपर हिल रही हैं, देवी को अन्दर लौट जाने के लिए कह रही हैं। हवा का झोंका आता है, सुर्ख़ पत्ते समेटकर बुहारता हुआ देवी के पाँवों के पास पटककर फिर लौट जाता है। आज वक़्त से पहले ही सूरज को बादल खा गये हैं। देवी गर्दन मोड़कर मकान की ओर देखती है, बिल्कुल उसकी तरह है–चुपचाप, स्तब्ध और प्रतीक्षारत। रसोई के धुएँ की पतली–सी लकीर बाहर निकलती है; ऊपर आने की कोशिश करती है, हवा इसे जल्दी ही छितरा देती है।

कर्नल खन्ना भी आज बहुत टेंशन महसूस कर रहे हैं। मिसेज़ के कहने पर वह कुछ देर पहले कैप्टन मेहता के बताये हुए दिल्ली के नंबर पर फ़ोन बुक करा चुके हैं। लाल फ़ोन बजता है। खन्ना फ़ोन पर बात करता है। आज भी वह तीन स्टारवाला जनरल फ़ोन पर बात करता है। मेहता के बारे में पूछने पर जनरल कड़ी आवाज़ में कहता है–

''ब्लैक–पीकाक इज़ डैड। दिल्ली पहुँचने से पहले ही किसी विद्रोही ने उस पर ग्रेनेड फेंक दिया। रास्ते में ही कैप्टन मारा गया।''

खन्ना कहता है कि उसे इस ख़बर का पता नहीं चला, अख़बारों में भी नहीं आयी। जनरल बताता है–''ऐसे लोगों की मृत्यु की ख़बर अख़बारों में नहीं आया करती।''

और फिर जाने क्यों खन्ना जनरल को सूचना देता है कि कैप्टन की उसकी बहन से शादी होने जा रही थी।

जनरल की ओर से थोड़ी देर कोई जवाब नहीं मिलता। फिर एक लम्बी साँस की आवाज़ फ़ोन पर आती है। जनरल यह कहकर फ़ोन बन्द कर देता है–''आय एम सॉरी, कर्नल! वैसे ब्लैक पीकाक मेरी इकलौता लड़का था।''

खन्ना फ़ोन नीचे रख देता है। हाँ, जनरल का सरनेम भी तो मेहता है। और सबसे पहली बात जो उसे याद आती है, वह उस मिस्टीरियस कैप्टन का आख़िरी वाक्य–

''उसका बचकर निकल जाना ठीक नहीं हुआ।''

देवी अब भी गेट पर खड़ी है और बार–बार ध्वनिहीन वाक्य दोहरा रही है–

''तुम कब आओगे?''

महामारी

कल ही बड़े लड़के का ख़त आया था। वह चार दिन के लिए पत्नी और बच्ची के साथ आ रहा है। माँ अनपढ़ है, लेकिन पोस्टकार्ड पर लिखी लाइनों से ही पहचान गयी थी कि ख़त सन्तोष का है। सिर्फ़ वही है जो सारा पोस्टकार्ड ज़ाया कर दिया करता है। पति बाज़ार से लौटे तो कहा था–''देखना, सन्तोष का ख़त है न! क्या लिखा है? सारे आ रहे हैं न?''

एक साथ बहुत सारे सवाल पूछने की आदत बहुत पुरानी है, अभी भी गयी नहीं। जब–जब बड़े का कभी–कभार कोई ख़त आ जाता है, वह यही बँधे–बँधाये सवाल पूछा करती है। लेकिन बड़ा आता–जाता बहुत कम है। मास्टर जी को ख़त का मज़मून बताने के बाद हमेशा उसके आहत होने को झेलना पड़ता है, लेकिन लड़के के आने की ख़बर उसे देकर उनके दिल में भी छोटी–सी ख़ुशी कूद गयी थी। वह बाहर के दिखावे और टीम–टाम में ख़ुद भी विश्वास नहीं करते। लड़के के साल–साल तक न आने का कहीं गहरे में बुरा नहीं मानते, लेकिन यह ज़रूरी तो नहीं कि हर सवाल का ठीक जवाब किसी को ख़ुशी भी दे। एक बार देर तक न आने की बात की थी कि तो लड़के ने समझाया था कि बिना वजह के कहीं आना–जाना उसे फ़िज़ूल लगता है। कभी कोई बात हुई है, काम पड़ा है, ज़रूरत आ खड़ी हुई है, तो वह हमेशा क्या पहुँचा नहीं?

कोई ज़रूरत आ पड़ने पर पहुँचने की बात तब उन्हें सही लग गयी थी। नौकरी से रिटायर होने के बाद, चालीस रुपये की पेंशन मिलने पर, छोटी लड़की की शादी करने पर, ज़रूरतें पड़ती ही रही हैं और जैसे–तैसे बड़ा पहुँचा है। जो हो सका था, किया भी है।

पत्नी को भी समझाने की कोशिश की थी, लेकिन वह ठहरी अनपढ़। आज के आदमी की तरह वह सूखे तर्क तथा कारण के आधार

पर न जीती है, न बात करती है। उसने बिफरकर कहा था कि क्या अपने लोग अब सिर्फ़ काम पड़ने पर ही मिलते हैं? प्यार भी कुछ होता है न? वह पढ़—लिखकर कितना सूखा हो गया है।

लड़के के पढ़ने का विशेष श्रेय माँ को जाता है। सारे विरोध होने के बावजूद कि कॉलेज का ख़र्चा कौन देगा, और बच्चे भी हैं, उसने पढ़ाई के बारे में डटकर लड़के का साथ दिया था। लड़का पढ़ा, उसकी अच्छी नौकरी लगी। और तब तो उसके दिल में ठण्ड पड़ जाया करती है जब लड़का अब भी दूसरों के सामने स्वीकार किया करता है कि उसको पढ़ाने वाली, बनाने वाली उसमी माँ ही है।

लेकिन एक दुःख उसे हमेशा सताता रहा है। नौकरी बाहर के शहर में लगने पर लड़के का घर आना—जाना कम हो गया है। कुँवारा था तो कोई बात न थी। शादी हुई, बच्ची हुई। माँ ने सोचा—अब महीने में एक बार तो आयेगा, लेकिन नहीं। वही पुरानी आदत। अब आस—पड़ोस के लोग लड़के, बहू और बच्ची के न आने की बात पूछते हैं तो वह अपमानित होती है। लोग तो कमीने हैं। यही सोचते होंगे न कि शायद अब लड़के और उसकी घरवाली से बनती नहीं।

इसलिए लड़के के आने की बात पर उसने पति से फिर पूछा था—"किस तारीख़ को आ रहा है? कितने दिन रहेंगे? पता नहीं कपड़े भी साथ लाते हैं कि नहीं? दोनों लापरवाह हैं। मीनू के बारे में कुछ नहीं लिखा? मुझे याद करती है न...?"

मास्टर जी ने सारे सवाल सुने, ज़रूरी सवाल का चुनाव किया और बताया—"कल सुबह आयेंगे। चार—पाँच दिन रहेंगे।"

दादी को मीनू के आने की ख़ुशी लड़के के आने से कहीं ज़्यादा है। तीन साल की उम्र में कितनी बातें करती हैं वह मीनू से मिलने महीने में एकाध बार जा आया करती है। लड़का और बहू तो बस चुप रहते हैं। उन्हें आपस में बहुत बातें करते कभी नहीं देखा—सुना। उससे क्या बोलेंगे?

पहले मिलने जाती थी तो सुबह जाकर शाम को लौट आया करती थी। वहाँ तो दिल तंग पड़ जाता है। लेकिन जब से मीनू ने बोलना शुरू किया है, महीने में दो—तीन दिन लड़के के यहाँ लगा आती है। कितनी बोलती है।

मरजानी बिल्कुल मेरे ऊपर गयी है। उसे अपने बहुत बोलने की आदत का पता है, जिसे मास्टर जी 'बड़–बड़' करना कहते हैं। वह मुस्करा रही है–चलो, कोई तो आया घर की चुप्पी तोड़ने वाला!

आज सुबह से वह झाड़–पोंछ और सफ़ाई में लगी है। बीच–बीच में आस–पड़ोस में जाकर बता भी आती है कि बड़ा आ रहा है, पूरे चार दिन के लिए। यह सूचना देने का उसका मक़सद उन्हें बताना है कि देखो, हमारी 'बनती' है, ऐसी–वैसी कोई बात नहीं।

बाहर रिक्शा रुकने की आवाज़ आती है। वह दौड़कर दरवाज़े के पास पहुँचती है। रिक्शा में रखा छोटा सूटकेस देखकर उसे विश्वास हो जाता है कि यह लोग कुछ दिन ठहरेंगे। अन्दर कहीं ठण्ड पड़ जाती है। दौड़कर मीनू को गोदी उठा लेती है। 'बड़ा' सूटकेस उठाकर अन्दर आता है। बहू से नमस्ते होती है। हालचाल पूछने पर सिर हिला देती है। माँ को कहीं तकलीफ़ होती है कि वह उससे खुलती नहीं। लेकिन छोड़ो, अब मीनू जो है।

अब दादा ने मीनू को उठा लिया है। कुछ महीनों बाद मिली है। इस बीच एकदम से पूरे वाक्य बोलने लग पड़ी है। दादा को बीड़ी सुलगाते देखकर पूछती है–

"आप क्या पी रहे हैं?"

"बीड़ी।"

अपने पिता को वह सिगरेट पीते देखती रहती है। यह बीड़ी शब्द उसके लिए नया है।

"झूठ बोलते हो। सिगरेट है सिगरेट। हाँ।"

दादी मीनू को अपनी गोदी में खींच लेती है, चूमती है।

"हाय राम! कितनी स्यानी बातें करने लग पड़ी है?"

बाहर दूधवाला आया है। माँ बर्तन उठाकर बाहर जाती है। फिर वहीं से आवाज़ देकर पूछती है–

"काका, कितना दूध फ़ालतू लेना है?"

सन्तोष पत्नी से पूछकर माँ को बताने बाहर आता है। अभी कुछ और लोग दूध ले रहे हैं। वह माँ से कहता है–"जितना रोज़ लेती हो, ले लो।"

"काका, हम तो एक पाव ही रोज़ लेते हैं। दो टैम की चाय ही तो बनानी होती है।"

लड़का यह बताते हुए कि मीनू के लिए दो किलो दूध ले लो, कहीं क़सूरवार महसूस करता है। उसे लगता है, माँ का चेहरा दो किलो की बात सुनकर क्षण भर के लिए बुझ जाता है।

उसे याद आता है, घर में हमेशा इतना ही दूध आता रहा है। हाँ, पाँच भाई–बहनों में जब कभी कोई बीमार पड़ता था तो उसे पीने के लिए दूध मिला करता था तो बतौर दवाई। तब से दूध देखते ही उसके दिल में बीमार होने का एहसास आ जाता है। अब उसके थोड़े अच्छे दिन हैं, लेकिन दूध से नफ़रत है। वह अपने अर्ध–जाग्रत मन में हिसाब भी लगाये जा रहा है कि मीनू सिर्फ़ चार दिन में यहाँ का महीने भर का दूध का बजट पी जायेगी।

माँ ने नाश्ता बना लिया है–पराँठे, चाय, अचार। चौथाई सदी से चली आ रही खाने की एक ही फ़ेहरिस्त।

मीनू दादी की गोद में बैठकर खायेगी। दो–चार ग्रास वह आजकल खा लेती है। वह बड़े ग़ौर से खाने का सामान देख रही है।

"दादी, अण्डा नहीं बनाया?"

कमरे में क्षणिक चुप्पी छा जाती है। सन्तोष कहता है–"मेरा अच्छा बेटा। ऐसे ही खा ले, कल बना देंगे।"

बहू भी अपनी तरफ़ से छोटी–सी सफ़ाई देती है–"घर भी तो कभी–कभी थोड़ा–सा ही खाती है।"

"ममा झूठ बोलती है। हाँ! थोड़ा–सा नहीं खाती, एक खाती हूँ एक।" मीनू जवाब देती है। अब सनतोष उसे डाँट देता है। माँ मास्टर जी को कहती है कि वह शाम को अण्डे लेते आयें। साथ–ही–साथ उसका अनपढ़ दिमाग़ यह अन्दाज़ा भी लगाये जा रहा है कि रात की सब्ज़ी के पैसे अण्डे खा जायेंगे। उन दोनों बूढ़ों को तो रात को सब्ज़ी की ज़रूरत पड़ती नहीं। सुबह आधा पतीला दाल बन जाती है जो रात तक चल जाती है। बाहर आँगन में सब्ज़ियों का छोटा–सा बाग़ है। मौसम आता है, थोड़ी सब्ज़ी उगती है, तो ही बनती है। वह सुबह ही बैंगन के पौधों के बड़े–बड़े पत्ते उठाकर दो गोल बैंगन तलाश चुकी है। छोटे हैं तो क्या, तोड़ लेगी। एक टैम का काम तो चल जायेगा।

मीनू दो ग्रास खा लेने के बाद दूध माँगती है। बहू उठकर रसोई में जाती है। मीनू की बड़ीवाली बोतल भरकर लाती है। मीनू लेट जाती है और लगभग एक ही साँस में सारा दूध पी जाती है। दादी सोचती है कि पाँच बार में तो सारा दूध पी जायेगी। वह बहू को सलाह देती है–

''काकी, इसे रोटी खिलाया कर। अन्न अन्दर जायेगा तो कुछ मोटी होगी। देख तो सही, कैसी सूखी पड़ी है?''

बहू पति का नाम लेकर ही बुलाया करती है। बताती है–

''मैं खिलाने लगती हूँ तो सन्तोष ग़ुस्से हो जाता है। कहता है, इतनी जल्दी रोटी शुरू नहीं करनी।''

माँ सन्तोष की तरफ़ देख रही है। बेटा उसे कैसे समझाये कि वह छोटी मीनू के माध्यम से अपना बचपन सुखद रूप में पहली बार जी रहा है। उसे आज भी याद है कि जब से होश सँभाला, हाथ में रोटी का टुकड़ा और चाय का गिलास ही रहा है। अगर बच्ची रोटी खाने की ज़िद करती है तो उसे अपना घिनौना बचपन याद आ जाता है। तब अन्य बच्चें को बाज़ार की कोई भी चीज़ खाते देखकर उसका जी कितना ललचाता था। जब माँ से पैसे माँगने की ज़िद पर अड़ जाता था तो आमतौर पर पिटाई ही होती थी, क्योंकि घर का राशन–पानी ख़रीदने के बाद माँ के पास देने को कुछ बचता ही न था तब उसे अपनी माँ से बेइन्तहा नफ़रत थी–कितनी बुरी बात है। कभी कुछ नहीं देती। नासमझ जो था। अब जाकर कहीं समझ आया है कि पैसे का, पूँजी का यह ग़लत वितरण, असन्तुलन वह कुल्हाड़ी है जो हमारे सम्बन्धों को काटकर फेंक देती है।

दादा ने नाश्ता कर लिया है। वह बीड़ी सुलगाते हैं तो मीनू फिर टोकती है–''दादा! यह सिगरेट मत प्यियो। गन्दा। बू–वाला। पापावाला पिया करो, हाँ नहीं तो।''

दादा उठकर आँगन में चले जाते हैं। मीनू की ममा उसे डाँटती है–''मीनू! बड़ों को ऐसे नहीं कहते। देखो, मैं तुम्हारे पापा को ऐसा कहती हूँ?''

''हाँ, कहती हो–सिगरेट मत पियो। बू आती है।''

मीनू उठती है। मटकती हुई बाहर आँगन में आ जाती है। कुछ टमाटर के पौधे हैं, कुछ भिण्डी, कुछ बैंगन और साग वग़ैरह। मीनू एक–एक करके सबके बारे में दादा से पूछ रही है। फिर कहती है–

"मैं इनको छू लूँ, ख़राब तो नहीं होंगे?"

दादा उसका सिर थपथपाकर छू लेने की आज्ञा देते हैं। साथ ही हिदायत देते हैं कि पत्ते मत तोड़ना। थोड़ी देर में छू लेने से उसका मन भर जाता है। पूछती है–"दादा, सुन्दर फूल कहाँ हैं?"

उसे अपने घर के छोटे–से आँगन की याद है, जहाँ सारा साल रंग–बिरंगे फूल इठलाते रहते हैं। उन पर उड़ती तितलियों के पीछे वह छोटी–छोटी दौड़ें लगाती रहती है। वह अब भी दादा के जवाब के इन्तज़ार में है। अगला सवाल पूछती है–"दादा! तितली कहाँ है?"

सब्ज़ी के पौधों के हिलने से उन पर बैठे मच्छर उड़े हैं। एक–दो ने मीनू को काट भी लिया है। अब वह दादा के चुप रहने और मच्छरो के काटने से झुँझला गयी है। कहती है–"दादा! ये पौधे तोड़ दो। गन्दे! छी! मच्छर काटता।"

दादा के पास उसके सारे सवालों के जवाब हैं, लेकिन जवाब देने की हिम्मत नहीं पड़ रही। क्योंकि उन्हें फूलों और सब्ज़ियों के फ़र्क़ का पता है। लेकिन मीनू का क्या क़सूर है? बचपन में शायद उन्हें भी फूल और तितलियाँ अच्छी लगती थीं। थोड़ा बड़ा होने पर ग़रीब ज़िन्दगी की सच्चाइयों का पता चला। अपने आप फूल भूल गये थे, तितलियाँ भूल गयी थीं। मीनू के इन सवालों से वह अन्दर से हिल गये हैं। उनका जी चाहता है कि इसी वक़्त खुरपा उठायें और सब्ज़ी के इन पौधों को जड़ से काट दें, यहाँ फूल लगा दें, जिन पर तितलियाँ उड़ती रहें। वह नहीं इन्हें देख सके, बेटा सन्तोष नहीं देख सका। क्या तीसरी पीढ़ी भी बिल्कुल पहले वाली पीढ़ियों की–सी ज़िन्दगी बितायेगी बिना फूलों के, बिना तितलियों के?

उन्हें पता है कि ये फूल–तितलियाँ शायद मीनू के भाग्य में भी सिर्फ़ कुछ दिन और हैं। बेटा जो कमाता है, वह जानते हैं। घर के जो ख़र्चे हैं, वह जानते हैं। बड़ी जल्दी बेटे के आँगन में भी फूलों के पौधे उखड़ जायेंगे, तितलियाँ उड़ जायेंगी, वह जानते हैं। वहाँ भी जल्द ही सब्ज़ियाँ लग जायेंगी, वह जानते हैं। बदसूरती, ग़रीबी, अभाव बच्चों की ज़िन्दगी में शुरू से आ जाये तो उनका क्या होता है, वे क्या बन सकते हैं, वह जानते हैं क्योंकि सारी उमर उन्होंने प्राइमरी स्कूल में ग़रीब बच्चों को पढ़ाया है। लेकिन मीनू को तो अभी इन दुःखों का पता नहीं। वह मच्छरों

का काटना भूल चुकी है। फिर से पौधों के बीच मटक रही है। उसने बैंगन के पौधे के लम्बे पत्तों को हाथ से पीछे किया, गोल–गोल बैंगन देखकर चहक उठी–''दादा! देखो, कितने बड़े आलू हैं?''

दादा मुस्कराये, उसे बताया–''मीनू बेटे, आलू नहीं, बैंगन।''

''अच्छा। कितना बड़ा बैंगन? मैं एक तोड़ लूँ?''

दादा अब सतर्क हो गये हैं। बैंगन की सब्ज़ी बेटे–बहू के लिए कल दोपहर बननी तय हुई है। अभी से मीनू तोड़ लेगी तो ख़राब हो जायेंगे। वह उसे कहते हैं–''मीनू, कल तोड़ेंगे।''

''नहीं, अभी तोड़ूँगी। बस एक, हाँ।''

वह उसे पकड़कर क्यारी से बाहर निकालते हैं। अब बच्ची पर ज़िद सवार हो चुकी है। वह ऊँचा–ऊँचा रोना शुरू कर देती है। दादी भी रसोई से बाहर आ गयी है। मीनू अपनी माँ के पास शिकायत कर रही है–''ममा! दादा बहुत गन्दे हैं। मुझे तोड़ने नहीं दिया।''

दादी मास्टर जी से कहती है–''तोड़ लेने देते, जी! क्या फर्क़ पड़ता है?''

मास्टर जी खीझ गये हैं। ज़रा तेज़ आवाज़ में बोलते हैं–''तो कल सब्ज़ी...''

फिर उन्हें ख़याल आता है कि बेटे–बहू के सामने तो यह वाक्य बोलना नहीं था। वह कमरे से बाहर चले जाते हैं।

बहू इस आधे बोले गये वाक्य से ही सब कुछ समझ गयी है। इतना कड़ा अभाव शायद अपनी ज़िन्दगी में उसने पहली बार देखा है। पति से कहती है–''सन्तोष, कैसे चलाते होंगे घर का ख़र्चा? सुनो, हर महीने यहाँ कुछ भेज दिया करो न।''

पति कोई जवाब नहीं देता। उसे कैसे बताये कि कहना आसान है, भेजना कितना कठिन है। फिर कई बार एकमुश्त बड़ी रक़म तो घर में देनी पड़ जाती है। वह उसके जवाब का इन्तज़ार नहीं कर रही है। वह जानती है, सन्तोष क्या सोच रहा है। उसके दिमाग़ के कोनों में इस वक़्त छोटी–छोटी रक़में इधर–से–उधर उछल रही होंगी। आपस में जमा होती, फिर घटती, फिर शेष क्या बचा, इसका लेखा–जोखा करती। लेकिन वह भी इस सच्चाई को समझ चुकी है कि एक रक़म से दूसरी चाहे जितनी बार घटाओ, शेष कभी कुछ नहीं बचता। बची हुई रक़म तो कुछ विशेषाधिकार प्राप्त लोग पहले ही काट लेते हैं।

लेकिन क्योंकि पति–पत्नी ज़िन्दगी का सच एक–दूसरे से हमेशा बाँटकर रखते हैं, इसलिए क़िस्से–कहानियों वाला तनाव उनकी ज़िन्दगी में कम ही आता है। वह पति को सलाह देती है–

"सुनो सन्तोष, मीनू तो इनका चार–पाँच रुपये रोज़ का ख़र्च करवा देगी। ऐसा क्यों नहीं करते, माँ को ख़र्च के लिए कुछ रुपये दे दो न।"

"मैंने यह सोचा था, लेकिन पैसे देने की हिम्मत नहीं हो रही। कितना अपमानित महसूस करेंगे? माँ को कितना चाव था, मीनू कुछ दिन यहाँ रहे। अब बच्ची का ख़र्चा मुझसे तो दिया न जायेगा।"

"ठीक है। यहाँ से वापस जाने के बाद कुछ रुपये मनीऑर्डर से भेज देना।"

सन्तोष चुप है। इसे कैसे समझाये कि इन चारों घरों में हर दिन के ख़र्चे की रक़म बँधी–बँधाई होती है। कोई अपना भी कुछ दिनों के लिए आ जाता है तो इनके आने वाले कुछ दिनों की रोटी खा जाता है। वह जानता है कि अमूमन माँ सुबह ही दाल का आधा पतीला बना लिया करती है, दोनों वक़्त के खाने के लिए। लेकिन इतने अरसे के बाद बेटा आया है, मीनू आयी है, खाते–पीते घर की बहू आयी है। एक अतिरिक्त सब्ज़ी बनानी पड़ती है।

मीनू को दुबारा भूख लग चुकी है। हमेशा की तरह आज्ञा देती है–"ममा! भूख लगी है। दूध ला।"

अब ममा को भी घर में घट रही हर रोज़ की त्रासदी का आभास हो गया है। मीनू इतनी जल्दी–जल्दी दूध पियेगी तो शाम तक सारा ख़त्म कर देगी। "नहीं बिट्टू, खाना बन रहा है। आज तो मीनू हमारे साथ छोटी गोगी खायेगी।"

लेकिन मीनू इस तरह के नाटकों से छलावे में नहीं आने वाली। कड़ककर कहती है–"ममा, तू बक–बक मत किया कर। हाँ, नहीं तो। मैं दूध पियूँगी।"

पत्नी सन्तोष की ओर मदद माँगती निगाहों से देखती है। वह कहता है–"यह मानेगी क्या? दे दो। मैं शाम को बाज़ार से और दूध ले आऊँगा।"

मीनू गटागट दूध ख़त्म कर देती है। फिर वह रसोई के दरवाज़े पर खड़ी हो कर दादी से पूछती है–

''दादी, तू क्या कर रही है?''

''अपने लाल के लिए खीर बना रही हूँ। खायेगी न?''

''हाँ। मुझे खीर बौत अच्छी लगती है।''

दोपहर के खाने के लिए सब बैठे हैं। दादी कटोरी में खीर डालकर सबसे पहले मीनू के आगे रखती है। मीनू खीर को देखती है, फिर मुँह फेर लेती है।

''खाओ न, बेटे!''—दादी।

''मैं नहीं खाती।''—मीनू।

''क्यों?'' ज़रा कड़ी आवाज़ में पूछता सन्तोष।

''नहीं खाती। खीर में दादी ने बादाम नहीं डाले।''

दादी असहाय नज़रों से मीनू को देखती है, समझाती है, ''बेटे, खीर में बादाम नहीं डालते।''

''देखो ममा, दादी झूठ बोलती है। तू डालती है बादाम, है न?''

सन्तोष तीखी आवाज़ में कहता है—''मीनू! चुपचाप खीर खा लो।''

''नहीं खाती। दादी गन्दी है। दादा गन्दा है। मुझे एक बैंगन नहीं तोड़ने दिया। सब गन्दे हैं। ममा, हम अपने घर चलेंगे। हाँ, यहाँ नहीं रहते।''

माँ सन्तोष के अन्धे ग़ुस्से को जानती है, पिता जानते हैं, पत्नी जानती है, लेकिन मीनू तो नहीं जानती। सन्तोष सुबह से माँ—बाप की छोटी—छोटी मजबूरियाँ देख रहा है, छोटे—छोटे अपमान देख रहा है। मीनू के इस लम्बे वाक्य ने इस मजबूरियों को, अपमानों को आपस में जोड़ दिया। वह उठकर घुटनों के बल बैठ गया। हाथ लम्बा हुआ, दिमाग़ में बैठी मजबूरियों ने एक ख़ूँख़ार जानवर का रूप धारण किया, जानवर उछलकर हाथ पर आ बैठा, हाथ पूरे ज़ोर से उठा और मीनू के दायें गाल और नाक के आधे हिस्से पर फड़ाक की आवाज़ के साथ जानवर ने छलाँग लगा दी।

मीनू ज़मीन पर लुढ़क गयी है, उसका मुँह खुल गया है, लेकिन किसी तरह की आवाज़ बाहर नहीं आ रही। दादी बेटे को धक्का देकर परे करती है। मीनू की छाती मल रही है। फिर बच्ची के अन्दर क़ैद चीख़ पूरा ज़ोर लगाती है और मुँह के रास्ते बाहर निकलकर कमरे में फैल

जाती है। चीख़ का तीखा हिस्सा दादी, दादा और माँ के दिल के अन्दर भी चाकू की नोक की तरह सरसराकर घुस जाता है।

मीनू का मुँह कुछ क्षणों में ही सूज गया है। होंठ पर लहू की बूँद चमक आयी है। अब वह लगातार हाहाकार किये जा रही है। सन्तोष खाना छोड़कर सिगरेट सुलगाता है, दादा बीड़ी सुलगा लेते हैं। पत्नी मीनू को गोदी में लेकर हिला–डुला रही है। फिर उसे उठाये हुए बाहर आँगन में चली जाती है। मास्टर जी इन्तहा ग़ुस्से में हों तो बेटे की तरह बेक़ाबू हो जाते हैं। पत्नी से कहते हैं–"बदज़ात औरत! चार बादाम खीर में डाले नहीं जा सकते थे।"

"घर में बादाम कहाँ हैं?"

"उफ़, इस घर में कभी भी कुछ हुआ है क्या?"

वह जानती है, इस वक़्त मास्टर जी को जवाब देना ठीक नहीं। पता उन्हें भी है कि इस घर में बादाम कभी ख़रीदे ही नहीं गये। वह डरते–डरते बेटे से कहती है–

"काका, तू पागल हो जाता है। इतना ग़ुस्सा? कितने ज़ोर से मारा है? ख़ून निकल आया है। कान फट जाता तो? बच्ची को समझ थोड़े ही है? उसका क्या क़ुसूर!"

जानवर दिमाग़ में वापस आ बैठा है। उसके अलग–अलग अंग दिमाग़ के अलग–अलग हिस्से में बँट गये हैं।। पता सन्तोष को भी है कि क़ुसूर बच्ची का नहीं। पता उसे भी है कि क़ुसूर किन लोगों का है, लेकिन क्या हो सकता है? कभी तो कुछ होगा ही। वे लोग इतिहास को भूल गये हैं। इतिहास क्या उन्हें मुआफ़ करेगा?

पत्नी बाहर से ही उसे आवाज़ देती है–

"अब चुप भी तुम्हीं से होगी। ज़रा बाहर आकर उठा लो।"

सन्तोष मीनू को गोद में लेता है। वह उसकी छाती के साथ सिर रखकर और ज़ोर–से रोने लग पड़ती है, लेकिन वह उसे छोटी–छोटी कहानियाँ सुनाकर जल्दी–जल्दी मना लेता है। मीनू का गाल और होंठ अभी तक सूजे हुए हैं।

सब लोग फिर खाने के लिए बैठे हैं। मीनू अब चुपचाप बिना बादाम की खीर खा रही है। पापा साथ–साथ उसे भालू वाली कहानी सुना रहे हैं।

खाना ख़त्म हो गया। मीनू दादी से कहती है—''दादी जल्दी फ्रूट लाओ। मैं खाकर निनी बाबा करूँगी।''

सन्तोष मीनू को घूरकर देखता है। वह थोड़ी देर पहले पड़ी मार को भूली नहीं। झट से कहती है—''पापा, अच्छे बच्चे फ्रूट नहीं माँगते।''

''नहीं, बेटा!''

''अच्छा। दादी, तू फ्रूट मत ला, दूध दे। मैं सोऊँगी।''

सन्तोष और पत्नी याद कर रहे हैं कि घर में रोटी के बाद फल खाने के लिए वे दोनों किस तरह मिन्नते करते हुए मीनू के पीछे घूमते हैं। वे सौ नखरे करती है, कई बातें मनवाती है, तब कहीं जाकर कुछ खाया करती है। अभावों की मार सच जल्दी ही समझा देती है। छोटी बच्ची है, कोई सन्दर्भ नहीं समझती, किसी का कुछ ज्ञान नहीं। फिर भी एक बार मार खाकर सच समझ गयी है। अगर यह अभावों से घिरे बैठे, चुपचाप जी रहे लोग सदियों से मार खाने के बाद चुप हैं, अपना जो है नहीं माँगते तो फिर हैरानी कैसी?

दोपहर हो गयी है। वे तीनों लेटे हैं। दादा–दादी पास ही के कमरे में लेटे हैं। मीनू और पत्नी सो गये हैं। सन्तोष को नींद नहीं आ रही। वह ग़ुसलख़ाने जाने के लिए उठता है। ग़ुसलख़ाने और साथ वाले कमरे की खिड़की जिसमें माँ–बाप सोये हैं, साझी है। वे दोनों आपस में बातें कर रहे हैं—

''सुनो जी, शाम को बाज़ार जाकर अण्डे, फल और थोड़ा–सा दूध ले आना। वह ग़ुस्से में पागल हो जाता है। फिर मीनू को मार बैठेगा।''

''अच्छा।''

''पैसे हैं? आख़िरी दिन हैं। ख़त्म हो गये होंगे।''

''नहीं हैं। माँग लूँगा।''

छोटी–सी चुप्पी। फिर माँ की आवाज़—

''सन्तोष जल्दी वापस जाने के लिए अगर कहे तो रोकना मत। अच्छा करता है, यहाँ नहीं आता।''

माँ का एक–एक शब्द किसी महामारी के कीटाणुओं की तरह सरसराता हुआ सन्तोष के शरीर में प्रवेश कर रहा है। फिर उसे लगता है कि ये कीटाणु दरवाज़े से बाहर निकल रहे हैं, निकल गये हैं,

आस–पड़ोस के घरों में जाकर लोगों के शरीर में घुस गये हैं। घर–घर में, शहर–दर–शहर कीटाणु पहुँच चुके हैं, महामारी फैल चुकी है। आदमी का आदमी से, माँ का बच्चों से, पिता का बेटे–बेटियों से सम्बन्ध काटती महामारी।

यही माँ है। न आने की वजह से कितना ग़ुस्से में थी, झगड़ती थी। ख़त लिखवाती थी। यहाँ पहुँचे थे तो आज सुबह इसका चेहरा कितना रौशन था। यही माँ है, चाह रही है मीनू, उसकी माँ और सन्तोष आज ही लौट जायें।

सन्तोष दीवार पर लगे शीशे में अपना चेहरा देखता है। अपनी सूनी–सूनी आँखों में अपने भविष्य के छोटे–छोटे दृश्य देखता है। मीनू बड़ी होगी, उसकी शादी होगी। वह अपने बच्चों के साथ उसके घर में आयेगी। तब शायद उसके साथ भी यही कहानी दुहरायी जाये? फिर वह आँखों पर हाथ मलकर इन दृश्यों को मिटा देता है। वह आज ही लौटने का निर्णय कर लेता है।

शाम का वक़्त है। सन्तोष रिक्शा बुला लाया है। तीनों रिक्शा में बैठते हैं। माँ कहती है–

"काका, यह क्या? कुछ दिन रहते।" वह झूठ बोल रही है।

"नहीं। कोई ज़रूरी काम याद आ गया है। फिर आयेंगे।" वह झूठ बोल रहा है।

दादी की आँखों में आँसू देखकर मीनू कहती है–

"दादी, अच्छे बच्चे रोते नहीं। मैं फिर आऊँगी। तब अण्डा भी नहीं माँगूँगी, दूध भी नहीं माँगूँगी, फ्रूट भी नहीं माँगूँगी। पापा ग़ुस्सा होते हैं।"

रिक्शा चल पड़ती है। दादा–दादी बहुत देर तक मीनू का हवा में उठा 'बाय–बाय' करता हाथ देखते रहते हैं।

□□